泥の家族

東 野 幸 治

幻冬舎よしもと文庫

泥の家族

〔泥の家族／目次〕

初めて小説（のようなもの）を書きました。
これで小説家の仲間入りをしたようです。
ちなみにこれから読む物語は七割が作り話で三割が実話です。

第一章

全員集合

なんや、こんな時間に？

携帯電話の呼び出し音が狭い部屋の中で響いている。ベッドに横たわったまま目覚し時計に手をのばした。昨晩の夜更《よふ》かしがたたってかなり眠かったせいか、ついさっき横になったはずなのにもう浅い眠りに入っていた様だ。白い壁紙に覆われた一人暮らし用のワンルームに、乱れる事なく繰り返されている「ピーピーピーピーピーピー」という無機質な音に何かを感じてしかたなく電話に出た。嫌な予感は的中した。電話からは動揺したアニキの声が聞こえてきた。

「あいつ殺されたらしいで……」

「あいつって？」

「オヤジや、オヤジ」

その続きは聞こえてはいたが、音として耳に入っていただけで何を話したかは全く覚えていない。

父親と言っても、もう十三年も会っていない。まともな思い出など何もない。

「とにかくみんなでオカンのとこ行こか」

かろうじて最後のアニキの言葉だけは聞き取ることができた。動揺を隠すかのように、精一杯冷静を装って聞いてみた。

「すぐ行った方がええんかな？」

「当たりまえや、今すぐや」

いつになくアニキは強い口調で答えた。

「ほんならすぐ行くわ」

と答えて電話を切った。

あいつ遂に殺されよったか……。

心の中で何度も呟《つぶや》きながら顔を洗った。

殺されたってことは、警察も来てるんかなぁ。

この辺りから自分が何に動揺しているかが解ってきた。

やっぱり行きたないな。

そうは言っても一人きりの部屋で「殺された」という言葉を噛《か》み締める勇気も無い。

オヤジが殺されただけや。でもオヤジやからな……。

あいつの事や、しょうもないケンカにでも巻き込まれたんやろ。

気持ちをふるい立たせて外へ出た。みんなで行くと言っても後は姉ちゃんだけだ。

そういえば最近会ってなかったな、姉ちゃん元気かな。

さして仲の良い兄弟ではないが、何かあれば連絡を取り合っている。そんな仲だった。

タクシーをつかまえようと広い道へ向かう途中でも、「殺された」という言葉が頭の中で渦巻いていた。

あいつ殺されよった。

誰にやろ。

何でやろ。

と、疑問が次から次へと湧《わ》いて来る。

のたれ死ぬなら分かるけどあのオヤジが殺された？

殺された……何かかっこえー言い方やな。

あっ、エアコン切ってきたかな？

これ以上考え続けると、こめかみの奥がズキズキするので考えるのをやめようとエアコンにむりやり気持ちを移した。出掛けに玄関で何とはなしにスイッチを押した。反射的に返ってきた「ピッ」という電子音は覚えているが何のリモコンを持っていたのかまでは覚えていない。

テレビやったかな。いやテレビは切って寝たはずや、エアコンを切ったかな。近い所に住んでいるつもりやけど、タクシーに乗るとけっこうかかるな。

エアコンの事を考え続けても限界がある。次のネタを必死で探して別のことを考えようとしていた。

工事好きやなぁ。

こんな遅い時間にようけ人が出歩いてんなぁ。

メーターどんどん上がってくわ。

ハイビームにすんな。

あっ満月や。

角を一つ曲がる毎に内容を変え殺されたオヤジの事を考えない様にしていた。一つ曲がる毎に道幅が狭くなり、オカンの家に近づいているのが分かった。

「お客さん、この辺ですか？」

運転手の声にほっとした。

「あーハイ、ここでいいです。降ります」

もう考えるネタもなくなっていた。少しずつ現実に引き戻されてこめかみの奥が痛みはじめていたのだ。金を払ってタクシーを降りた。いつもなら信号を曲がって、また一段と狭くなった道をオカンの家の前まで行ってもらうのだが、今日は手前で降りた。

少し歩いて落ち着こう。

そう思ってタクシーのテールランプを見るとはなしに目で追っていたら、すれ違いに赤色灯が目に入った。鼓動が早まる。ポケットの中の左手が汗ばんできているのが分かった。

「いややなぁ」

呟いてみたが事実は変わらず、赤色灯をまわしながら警察の車らしきものがどんどん近づいて来る。明らかに自分に向かってきている。それもそのはず、自分とその車の行き先は同じなのだから。

信号を右折して赤色灯は止まった。サイレンは鳴らしていないが静かな住宅地の中である。当然の様に近所の人が集まって来ていた。パトカーならまだしも、刑事モノのドラマで見るような乗用車に赤色灯を乗せた車だ。誰がどんな立場でそこに居合わせたとしても、何か事件があった事は十分に想像できる。

車から男が二人降りてきた。

マンションやアパートに住んどったら何処《どこ》の部屋に入るかわかれへんのに。

「どんなボロボロでも一軒屋がええわ」というのが、普段決して自分の意志を通したりしない、どちらかといえばおとなしい、辛抱《しんぼう》強い母が、一人暮らしを始める時に唯一譲らなかった条件だったのだ。

人垣を手で押しのけて玄関を開けると、野次馬の中からひそひそと聞こえてきた。

「あれが息子さんちゃう？」

「ほんまや、離婚したらしいで」

「へえー」

ムッとしながら後ろ手に玄関をしめた。

「オカン、何か人集まってきとんで。アパートとかに住んどったらこんなにバレへんかったのに」

野次馬達のひそひその割りには、ハッキリと聞こえた声に、苛立《いらだ》った感情を母にぶつけた。

「何そんなに怒ってんの」

玄関の先の部屋から母の声がした。

「ひさしぶりやな」

姉ちゃんの声がして、ニヤニヤ顔が近づいて来た。

「刑事や、刑事来てんで。あれいっしょやな、やっぱり手帳見せよんやな。ちゃんと書いてあるか確かめたろ思って見たけど、なんか印刷薄なってよう分かれへんかったわ。なんか緊張すんな刑事に聞かれたら、うん。あんたも聞かれんでアリバイ、アリバイってやつ。アリバイってあれ英語やんな？」

相変わらずな姉ちゃんに救われた気分だった。

こいつ何テンション上がっとんねん。

刑事の訪問にハイテンションになって、声まで裏返っているアホな姿にホッとすると同時に呆《あき》れた。

「悲しないんか？」

口をついて出た言葉に自分でもビックリしていた。動揺している事は認められるが、悲しんでいるとはどうにも思えない。

そんな気持ちを姉ちゃんは見すかしている。

「よう言うわ、あんた悲しいん？」

刑事に話聞かれんのあれ以来かぁ。

思い出したくなかった事件が脳みそを引っ掻《か》き回している。その思考を止めようと色々な言葉が口をついて出ているらしい。さっきは考えを止めようと別のことを考えていた。

このまま黙って脳みそを思考の好き勝手にさせていると、きっとこめかみの奥が又痛み出すのだろうな……と忌々《いまいま》しくさえ思い始めた瞬間、

「昨日の夜九時頃、どこで誰と何してました？」

若い刑事の声で現実に引き戻された。

「はぁ？」

返した返事は我ながら間の抜けた声だった。

「疑われてんの？」

目の端に映った姉ちゃんの口元は、

「ア・リ・バ・イ」

と動いていた。

「いえ、一応念の為にお聞きしてるんですよ」

刑事だと思うと妙に反抗的になってしまうのはやはり後ろめたいからだろうか。一応聞いているだけにしては「ねちっこい」質問口調に、怒りが込み上げて来た。

ぶっきらぼうに、

「一人でテレビ見てましたよ。アリバイは無いです」

「ほう……」

これまた刑事特有の受け答えだ。

「もう、いいですかね」

わざと高圧的に答えた。本当は友達の焼き鳥屋で飲んでいた。店の客も顔見知りで、飲みながらみんなで阪神の試合を見てあーだの、こーだの言っていたから時間も特定できる。しかし刑事はプロだった。最も怪しまれる答えを選んで、挑戦的に答えたつもりだったのだが、真実は伝わるらしい。怪しさがにじみ出ていなかったのだろうか。必死で高圧的に臨んだ自分の心をかわすかの様に冷静に、うすら笑いさえ浮かべてベテラン風の刑事が言った。

「そうですよね、平日のそんな時間、一人暮らしの人はたいてい一人でいるもんですよね。本当に一応聞いてみただけですから。失礼します」

と言い残しアッサリ帰って行った。

気まずい空気が流れたが、やはりそれを振り払ったのは姉ちゃんの間抜けなこの一言だった。

「どんな風に殺されたんかな?」

「何笑うてんねん」

無神経な姉の一言にまた答えてしまった。

「あんたかて知りたいやろ?」

「どっちでもええわ」

「えーかっこすんな、誰にどんな風に殺されたか知りたいはずや」

「誰に殺されたか分かっとったら刑事なんか来るか」

アニキが冷静に姉ちゃんの言葉の揚げ足を取った。

「そらそやわ」

姉ちゃんが妙に納得した。

「お父ちゃんがおれへんようになった時は、兄ちゃんが二十四歳でもう十三年も前やねぇ。この十三年、何してはったんやろ」

しんみりと母が誰にともなく問い掛けた。

「そやで、三年間帰ってこーへんかったから離婚できてんで」

「ここへ越して来てもう十年以上かぁ、早いなぁ」

「今日はひさしぶりにあんたたちがそろってうれしいんやけど……。こんなんで集まんのはなあ。死んでもうたら、何で出ていったんか、その間何してたんか何にも分からへんやないの」

何気なく一人で話しつづけるオカンの声が耳の奥から体に染み込む感じが心地悪い。あれだけ苦労させられて、「どうすんの」「知らんよ」が口癖だったオカンの口から、懐かしげに、悲しみいっぱい、未練いっぱいに聞こえる発言。

夫婦ってこんなもんなんかなぁ。

ほんの一瞬だが別れたカミサンを思い出した。あの時の男の顔も覚えてんなあ。

ふとアニキを見た。アニキもオカンの言っている事が少し腑《ふ》に落ちない顔で、しかし定まらない視線が空を切っていた。

アニキも多分死んだカミサンの事思い出してんねやろな。まあ、仲良かったからな。オレとは違うしなぁ、思い出しても当然か。

「初めて生理になった時にな」

唐突に姉ちゃんが話し始めた。一気に時間が遡《さかのぼ》った。

最近は忙しいせいもあるが、昔の事を思い出さなくなっていた。さっきオカンの言葉で、別れたカミサンの事を本当にひさしぶりに思い出したくらいだ。

家族全員が時間を遡っていた。さしたる幸せな思い出がある訳でもないのに、全員がオヤジの死をきっかけに、何かを取り戻したいかのように必死に時間の河をもがいて逆行している。どう考えても、この家族の過ごしてきた時間の河は「清流」ではない。そんな美しくない流れをどうして遡るのか。

四人とも理解できないが、誰も止めようとはしなかった。

不可解な長い時間の始まりだった。

第二章

さらっぴん

オカンは昼間パートで働いていた。オヤジは家で寝ている。オレとアニキの部屋の二段ベッドを陣取って高いびきである。だから家の中で遊べない。アニキはいつも下の部屋で音を小さくしてテレビを見ていたが、画面にオデコが付きそうな程近づいてテレビを見ても面白くないので仕方なく家の前の道路で友達と遊んでいた。

『びーだん』や『べったん』を近所の駄菓子屋で買って遊んだ。

「よう見てみい、プルプルしてんやろ」

姉ちゃんが友達の前で説明してからその店は『プルプルジジイの店』とオレ達の間では呼ばれるようになった。店番をしているじいさんが年寄りで、いつも小刻みにプルプル震えていたからだ。

近所の子供達はみんな『プルプルジジイの店』で買い物をしたが、この駄菓子屋だけでどうやって食っていっているのか、今になればそう思う程ボロい店だった。ある日友達と飴《あめ》を買っていたら、店の前を母親と子供が通った。

「お菓子買《こ》うて」

「スーパーで買うたるわ」

「ここがええねん。この店で飴ちゃん買うて」

「あんたアホか！　こんなとこのもん食べたら、腹こわすに決まってるやろ」

子供の手を引っ張ってその母親は足早に店の前を通り過ぎて行った。店の中を見るとプルプルジジイが悲しそうな顔をしている。悲しそうな顔をして、それでもプルプル震えているから泣いている様に見えた。『プルプルジジイが泣いた日』とオレは呼んでいる。お釣りの小銭を持つ手もプルプル震えているので、チャリチャリと音がする。そんなプルプルジジイを少しバカにしながら、それでも毎日何かを買いに行って毎日顔を合わせていた。

ある日友達がわざわざウチの玄関まで来て、

「プルプルジジイが紙オムツしてんで」

と教えてくれた。友達と一緒に走って見に行くとズボンがいつもよりも膨らんで見えた。ジジイの腰掛けている椅子の後ろの部屋には、無造作に紙オムツの袋が置いてあった。大人がオムツをしているというのは、初めての体験でかなり興味を持ちそれからプルプルジジイの店に行く度に、オムツで膨らむズボンを確認していた。

そんなある日プルプルジジイの店が閉まっていた。ガラス戸の向こう側に引かれた黄土色のカーテンが何ともジジイのボロい店に似合っている。それでも毎日ジジイの店に足を運んだ。閉まっているのを確認すると少し離れた別の駄菓子屋に飴ちゃんやラムネを買いに行くのだが、別の店で買える事が分かっていても、必ず一度はプルプルジジイの店の前まで行って開いていないか確認した。

それから何週間か過ぎたある日、いつもの様に友達とプルプルジジイの店に行くと、入り口には木の板がはめ込まれていた。

「どうしたんやろ」

「ジジイ死んだんかな」

「ホンマか」

「何となく死んだくさないか」

それからも毎日ジジイの店の前まで行って、相変わらず閉まっている木の板の前に立ってから別の店に買いに行った。

ジジイは死んだんやと思ったが、死を身近で感じた初めての体験だっただけに、畳の上に何気なく置いてあった紙オムツの袋とともに強烈な印象となってオレの心に留まってしまった。だから簡単に「死んだんだ」という言葉を口に出来ない。どうしてだか分からないが少し恐かった。

「プルプルジジイ死んだんやて」

学校から帰ったら姉ちゃんがアッサリと言った。

「死ぬ前の日からプルプルのテンポが速なってたらしいで。ハハハ」

「棺桶《かんおけ》に駄菓子アホ程入れたらしいで、ハハハハハ」

ニヤニヤした姉ちゃんの笑い顔の向こうに紙オムツが見えた気がした。

プルプルジジイの店で買い物をしなくなっても、毎日遊んだ。たとえば、線路に十円玉を置いて電車が通るのを待つ。単線の線路はアパートの横を走り、誰でも簡単に中に入れる上に、アパートの影になっているから人に見られずにイタズラが出来るのだ。守備良く電車が通り過ぎるとペッタンコになった茶色いカタマリが残っている。何が嬉《うれ》しいのか友達に見せて自慢し合った。

「オレの見てみ、四角うなってるやろ」

「丸いまんまやけど、オレの方がめっちゃつぶれてんで」

とみんなで戦利品を見せ合う。

また別の日にはこんな事もあった。一番仲の良かったクリーニング屋の息子と原っぱで遊んだ帰り、二人で走って道路に飛び出した。向こうから軽トラックが来て、ほんの一瞬の違いだったが、先に飛び出した友達がひかれた。数メートル跳んで反対側の原っぱに落ちた。

「大丈夫か」

運転してたおっちゃんが降りてきて聞いた。

「ごめんなさい」

二人で謝っている。この頃は車にひかれた方が悪いと思っていた。子供が大人の邪魔した位に思って必死に二人で謝っている。

「靴が無い。どっかいってもうた」

泣きそうな声で友達が言うのでおっちゃんと三人で一生懸命探した。が結局見つからなかった。

「そっちのドブにでも落ちたんやろ」

「どうしよう、怒られるわ」

「わかった、おっちゃんが新しいの買うたるわ」

おっちゃんの軽トラックに二人で乗って近所のスーパーで『さらっぴん』の靴を買ってもらった。

あいつラッキーやな。もうちょっと真剣に走って先飛び出したら良かったなあ。

そんな事を考えながら、

「ありがとう」

と、おっちゃんにお礼を言ってまた遊び始めた。遊んでいる間中友達のさらっぴんの靴がうらやましかった。

今思い出すと、よくそんな単純な遊びで毎日時間がつぶせたなとビックリする。ことに夏休みや冬休みは退屈だった。朝から晩まで学校へも行けずとにかく暇なのだ。だから自然と近所の友達といつにも増していたずらをし始める。広い庭のある家を見つけて庭に入り込む。探検と称して家の人に見つからない様に歩き回って遊ぶのだ。今なら警察を呼ばれてしまう様なこんな遊びも、当時は見つかってもゲンコツ一つで許してもらえた。もちろん子供達も庭で走り回るだけで、決してそれ以上の事はしなかったせいもあるが。

よその家の庭を通り抜けると、公園までの近道だった。この町内の子供は誰一人として表通りを回って公園へは行かない。みんな当然の様によその家の庭をすり抜けて公園へ向かうのだ。夕飯時ともなると、家に帰る子供達が大挙して庭を走り抜ける。そんな風景をその家のおばさんは当たりまえの様に見ながら、日の高い夏の夕方などは庭に水をまいていた。

儀式

靴を脱ぐ時間さえもどかしく、全力疾走で玄関に飛び込む。便所に駆け込みションベンをし、「はーっ」と大きく息を吐きながら上を向いたら見慣れない茶色の紙袋が棚の上にあるのに気付いた。

ん、何や。

ションベンが終わりチャックを上げながら外に出ようと思ったが、棚から半分はみ出したその袋はご丁寧にも口が半開きで、「どうぞご自由に手にとってご覧下さい」と言っているかの様だった。何気なくその茶色の袋を手にとって中を覗《のぞ》いてみたら、袋の中にまたビニール袋。無造作に破けたビニールの中にはうすいピンクの小さな物体がいくつも入っていた。

何やろ。

ますます気になり一つ取り出して中を開けて見ると、

何やこれ。

ますます分からなくなった。

テープ発見。

テープを剥《は》がしてみる。何かに付けるモノらしい。右腕に貼ってみた。分かった。インスタント包帯や。誰か怪我したんかな?

「何してんの?」

あわてて飛び込んだ便所の扉はきっちり閉まっていなかったらしく、わずかな隙間から外の気配が入り込んでいた。振り向くとドアの隙間に不気味に嬉しそうな姉ちゃんの目が見える。

「それ何か知ってるか?」

口元が笑っている。いやニヤついていると表現した方が良い。妙に嬉しそうな顔だった。様子がオカシイ事に気付きあわててそのインスタント包帯を剥がした。

「それ包帯ちゃうで」

「わかってるわ」

「教えたるから」

「いらんわ」

「照れんでええねん」

「照れてへんわ」

姉ちゃんがこういう態度に出る時はたいていろくでもない事が多い。たった七年間の短い人生経験だけれど、そんな短い時間の中でも明らかにそういう学習効果が働くほど、この女の弟をしていると色んな出来事に出会う。たいていしょうもない出来事だが。幼いながらも精一杯学習効果を発揮して、

「いらんわ、どうせ聞いてもつまらん事やろ」

と言い放ち、姉ちゃんの手に紙袋を押し付けて便所から逃げ出そうとした。半開きになった扉の前で二人の体はぶつかり、

「どいてえや」

「何でや、人がせっかく教えたる言ってんのに、逃げんの？」

としばらく押し問答である。

あーこれは間違いなくろくでも無い話や。失敗したぁ、いくらもれそうでもちゃんとドアは閉めとくんやった。

後の祭りだった。

「おいで！」

なぜこういう時について行ってしまうのか自分でもよく分からないが、『弟の性《さが》』かもしれない。姉ちゃんが命令口調になると途端に言いなりになってしまう。物心ついた時からずっとそうなのだ。

部屋に入ると姉ちゃんはさっきのインスタント包帯をあらためて目の前に出した。

「『ナプキン』言うねん。大人の女の人は股から血ぃ出すねん、怪我もしてへんのに」

股から血？

結局、姉ちゃんの独壇場になった。姉ちゃんは話で人を引き付けるという特技がある。嫌だと思っていたはずが、その話術に引き込まれいつのまにか真剣に話を聞いている自分がいた。

「大人の女の人はな、月に一回股から血を出す儀式があんのよ。それを『生理』言うねん。そこでこれや。この『ナプキン』を股に貼っとくわけやな」

と言い、オレの股間に半ズボンの上からナプキンを貼り付けた。

「このナプキンはお母ちゃんのや」

なんか凄《すご》い事を聞いた様な気がした。大きな声で話してはいけない話だと直感的に感じ、鼓動がどんどん早くなっていくのがわかる。

「お母ちゃんに言いなや、この事は」

そう言い残して姉ちゃんは部屋から出て行った。話したいだけ話して行ってしまったのだ。

一人部屋に取り残されて呆然としながら、さっき姉ちゃんに貼られたナプキンを半ズボンの股間から剝がす。妙に生々しい音が耳に残り嫌な気分になった。

そのままゴミ箱に捨てたが、オカンのナプキンや、この部屋のゴミ箱はまずいやろ、と思い直しゴミ箱からさっきのナプキンを拾い上げた。

もう一回貼ってみよ。

何でそんな事を思ったのかは分からないが、もう一度股間にインスタント包帯を貼り付けた。

股から血……。

そうつぶやきながら、この生々しい物体をどこに捨てたらいいのか悩んでいた。

ナプキンをズボンのポケットに入れて家を出たが捨てる場所は簡単には見つけられない。結局よその家の庭を通り抜けていつもの公園まで行きゴミ箱に捨てた。

それから一ヵ月後の土曜日の夜、食卓に赤飯が並んでいた。

「ほーお前も生理来たんか」

「ちょっとあんた」

「えーやないか、生理来たんやから、なあ」

真っ赤になって下を向く姉ちゃんを見てもうほとんど忘れていた公園に捨てたナプキンの感触を思い出した。

「酒や、酒持って来い。めでたいやないか」

「ハイハイ」

テンションの上がるオヤジの横で考えていた。

生理。

姉ちゃんが言うてたヤツや。ちゅう事は姉ちゃん血ぃ出してんのや、あれを股に挟んで。痛ないんかな。

もう頭の中は血の赤と赤飯の赤で混乱し始めていた。

アニキは生理知ってんやろか？

ふとアニキを見ると、普通に、何事も無かった様に赤飯を食べ続けている。

何で赤飯なんかな？　生理とどういう関係があんのやろ。

寝るときアニキに聞いてみよ。

「今日は姉ちゃんが女になってんぞ」

しばらくすると酒の回ったオヤジがオレに絡み始めた。

「生理やぞ、生理。教えたろか？」

「いいかげんにしてえなあ」

姉ちゃんの、怒りと恥ずかしさの混じった半分涙声の様な声が台所に響く。

「何怒っとんのや、お前は」

「あんた、もうええかげんにしてやりなさい」

オカンが酔っ払いをあしらいながら、

「もう上がりなさい」

と姉ちゃんを二階へ上がる様にうながしその場は何とかおさまった。

寝るときに二段ベッドの上に寝ているアニキに布団の中から、

「なあ、生理ってほんまは何なん？」

と問い掛けてみると、

「いらん事考えんと早よ寝ろ！」

と言って布団をかぶる音がした。それっきり返事はない。晩飯の時かてあんだけみんなで騒いでるのに、アニキは一人で黙々と赤飯を食べて、おかずも平らげマイペースで食事を終わらせていた。

ホントにこの兄と姉は兄弟なんやろか。そんな疑問も湧いてきた。

『家族がもめてる』赤飯の夜だった。

コタツ

夏休みに入った。梅雨明け後、七月の大阪はうだる様に暑い。蒸し暑く、いてもたってもいられない程湿った熱気が体にまとわりつく。

「暑いな！　全く。何でこんなに暑いねん」

いつものようにパンツ一丁で扇風機の前に陣取り、団扇《うちわ》片手にビールを飲んでいたオヤジ。夏になるとそんなオヤジが酷《ひど》く恥ずかしかった。友達の家には何度か行ったことがあるが、そんな格好のオヤジはウチだけだった。せめてステテコにランニング姿。それでも友達のオカンは「そんなみっともない格好で出てこんといて。子供の友達が来てんのよ」とたしなめていた。自分にとってはちっともみっともない姿ではない。むしろきちんとしている感じすら受けたくらいである。

オヤジは夏になると必ずパンツ一丁、しかも右の股の所のゴムが伸びた白いブリーフで終日すごしていた。なぜ右側だけ伸びているかと言うと、ションベンする時必ず右側からひっぱり出してするからだ。夏場オヤジの右側に座るとパンツの中が見えてしまう。だらしなくみっともないその姿が嫌で絶対に右側に座らないようにしていた。

「ピンポーン」

玄関で音がするとパンツ一丁のオヤジは幼い子供の様にいの一番に飛び出して行く。郵便屋や集金ならいいが、近所の友達だとなんとも言えない恥ずかしい思いをする。

「おーい、友達来てんで」

とオヤジに呼ばれて玄関に行くと友達のほとんどはオヤジのパンツの右側を見てクスクス笑っている。それがたまらなく恥ずかしかったので、ピンポンが鳴るとオヤジより先に玄関に出られる様に走り出していた時期があった。それは兄も姉も同じだった様で、最近はピンポーンと音がするや否や兄弟だれかが玄関に立っている。

「もうあかん。プールでも行こか」

さっきまで床に転がる邪魔な物体だったオヤジが急に世間で言う『パパ』というヤツに見えるから人間なんて現金なものだ。

「プール行くん？　どこのプール？　お母ちゃんも行こう」

早速姉ちゃんが仕切り始めた。アニキは乗り気でないらしい。

「行ってきたら。宿題あるし留守番してるわ」

涼しげな顔でそう言ったアニキの横を通り抜けて姉ちゃんがオレの耳元に近づいて来た。

「ホンマ暗い奴やな」

と言い、きびすを返してアニキに向かうが早いか、

「泳がれへんからプール行けへんねやろ、アホちゃう」

と一生治らないであろう悪態をついた。

「泳げるわ、宿題やろうって思ってただけやないか。そんなら行くわ、行ったらええんやろ」

見事な挑発と見事な受け。この兄姉は気が合ってるとは思えないのだが、時々絶妙な会話を交わす。姉ちゃんはまたきびすを返して今度はオカンに向かい、

「お母ちゃんも行くのやろ？」

と甘ったれた声を出していた。全く調子のいい女である。結局オカンも乗せられて重い腰を上げた。ひさしぶりに家族全員での外出だ。

「チボリのプールがええなあ。広いし」

「波の出るプールが出来たんやて。友達が言うとった」

「ほー波の出るプールか、そらおもろいな。それやったら海いらんな。入っとこか」

全く調子のいい父娘《おやこ》だ。

しょっちゅうお互いに悪態をついて、ケンカをしているのに、こういうのを血というのだろうか。姉ちゃんは、アニキやオレよりもオヤジに似ているところが多い。時々オカンが、

「何でああなんやろね、あの二人は」

とため息まじりに言っているのを聞く。

「女の子は父ちゃんに、男の子は母ちゃんに似る言うからね、昔っから」

なぜだか妙にホッとした。オヤジに似るよりは、うちの場合、オカンに似た方が幸せだと正直思った。

ウチのオヤジは、とにかく家に居たら何もしない。普通世間のお父さんというのは、朝七時過ぎの電車に乗って、街の中心にあるビジネス街へスーツ姿で出掛けて行く。高度成長期の真っ只中だ。テレビや新聞では「モーレツサラリーマン」なんて言葉が躍っている。とにかく働く。一家の大黒柱の父親が働けば働くほど、その家庭は近代的な生活になっていく。そういう時代だった。

大阪で一番でっかい銀行に勤めているというオカンの親戚の家に行った時の驚いた事。何でそんな所へ行ったかは覚えていないが、蒸し暑い梅雨の中休みの晴れた日に行ったのはハッキリ覚えている。

オカンとどこかに行くと必ず延々と歩かされる。タクシーはもちろんの事、バスにも乗らない。なぜなら吐くからだ。オカンは乗り物に乗ると必ず吐く。

炎天下を隣町まで歩かされて汗がしたたり落ちた。時々頭がボーっとなるくらい暑い日に、てくてくと歩いた。

暑くてもう歩きたくない。しんどさがそこの家の前で頂点に達していた。

しかし家を見て暑さが吹き飛んだ。

ウチと違う。

門から玄関までが遠い。玄関が明らかにでかい。

これならどんな大男が来ても大丈夫だ。

玄関から上がり、廊下を通って奥の応接間に通された時には、思わず、

「うわーっ」

と声が出た。オカンの口も同じ様に動いていたが、そこは大人。声にはなっていなかった。もしかしたら声も出ないくらいの驚きだったのかもしれない。

「主人が暑いのが嫌いで、この季節はクーラー付けっ放しやねん」

困った様な言い方をしているが、子供心にも感じられる自慢げな語尾に少し嫌な感じがした。

しかしそんな小さな事にかまっている場合ではないくらいスゴイ部屋だった。シャンデリア、ソファー、ガラスのテーブル、もう何が何だか分からないくらい、ウチでは見た事の無い物が色々あった。何だかワクワクして部屋を一周した後もキョロキョロし続けた。

「うろうろせんと座っとき」

とオカンが言うと、

「歩き回ってええのよ」

と親戚のオバサンが優しく微笑みかけてくれた。

「すいません」

オカンの恥ずかしそうな声が聞こえ、悪いなと思い、生まれて初めてのソファーにドキドキしながらそっと腰掛けた。
お金持ちはこんな生活してんねや。
コタツは使わへんのかな。
冬になったらこの家もコタツ出すんかな。
家族全員で首までコタツに入って、顔だけ出してんのかな、このおばちゃんも。
洗濯物とか入れてんのかなぁ。
そんな風には見えへんなあ。
ウチのオヤジは何をしてんねや。
という疑問が頭をよぎった。
何で同じ様に働いて、こんなに違うねん。
「どうぞ」
優しい声と一緒にカルピスが出てきた。
ウチと一緒や。
やっとウチと一緒や。
一安心。

オカンはあの家に行ってどう思ってたんかなぁ。

そんな事を考えていた。

「おもろいぞー、お前らも来いやー」

現実は、目の前に広がる波のプールへ先陣を切って走って行き、ぼてぼてに緩《ゆる》んだお腹を波にぶつけている。そんな格好悪いオヤジの声と共に戻って来た。

大声で息子達を呼んでいる。水着の後ろからケツの割れ目が半分見えている、そんな格好悪い姿で呼ばれても、アニキは決して顔を上げようとしない。オレは幼い心が先に立って、格好悪いオヤジの姿よりも、波の出るプールを魅力的に感じて駆け出していた。

しょっぱくない、学校のプールと同じ匂いのする水が、波になって寄せては返す不思議な感覚は、自分にとってオヤジのみっともない姿を忘れさせるのに十分な程楽しかった。

「楽しいでー。来たらー」

今度はオレが大声でアニキを呼んだ。思いっきり睨《にら》み付けられた。

オカンはビニールシートをしいて、母親お決まりの日傘をさして座り込んでいる。その横に黙って座っているアニキとオカンは、ウチのコタツで首まで入って顔だけが向き合っている姉ちゃんとオヤジと同じくらい似ている。五人家族で自分だけが異邦人になった気分だった。

しかし暗く黙って座り込む以外に、アニキに別の顔がある事をオレは知っていた。小学校に上がった時、運動場でアニキを見かけたのだ。友達と笑いながらドッジボールをしていた。ボールをぶつけられても笑っている。アニキが何かを話したら周りの友達が大笑いをしていた。

アニキって明るいんや。

驚いた。ドッジボールとこのプールにいるアニキ。同じ人物とは思えない程落差がある。どうして家族といる時だけアニキは暗いんやろ。ずっと不思議に思い続けた。

騒がしい姉ちゃんがいないと思ったら、用も無いのにプールサイドを歩き回っていた。近所のスーパーで買ったビキニを着てうろうろしている。新しく買った水着をみせびらかしているのだ。小学生はたいていスクール水着を着ている時代にビキニ姿の姉ちゃんは確かに目立った。

時々聞こえる、

「私もあんな可愛らしい水着着たい」

というおねだりの声を明らかに意識している歩き方だ。

「おい、何か食うもん買うて来いや」

オヤジが脱ぎ捨てた短パンのポケットから五百円札を出して姉ちゃんに渡した。

「見てみいやあいつ。ちょっと胸出てきたんちゃうか」

人の視線を浴びながら、自己顕示欲丸出しで歩き回る姉ちゃんの姿を見ながら、オヤジが自慢げにアニキに言った。

無言。

恥ずかしそうに、そして嫌そうな顔をして目をそらすアニキはすごく帰りたそうだった。

「おまたせ」

姉ちゃんがアメリカンドッグと焼きそばを持って帰って来た。

「食べへんの」

姉ちゃんが、周りを意識しながら、家で食べるのと違って少し可愛い子っぽく焼きそばを口に運びながらアニキに言った。

「いらん」

「何怒ってんの」

「怒ってへんわ、いらんだけや」

「美味《おい》しいで」

無言のまま顔を横に向けるアニキ。

「あいつホンマ暗いな」

「ホンマやな」

姉ちゃんとオヤジは不思議そうにアニキを見ていた。

突然アニキが立ち上がり一人で波の出るプールに入っていった。一番深い所まで泳いで行き、くるりと向きを変えると泳いで戻って来た。今日、アニキがプールに入ったのは、この一回だけだった。

姉ちゃんは少し泳いではプールサイドを歩き、ニコニコしていた。

オレはオヤジと波の出るプールで波にもまれて遊び続けた。これがオヤジとの楽しかった唯一の思い出かもしれない。

帰り道、駅まで歩きながら、

「おもろかったなぁ」

と言うと、

「あの波は凄い」

ポツリとアニキは答えた。

それから三日間オカンは肩が日焼けでまっかっかになっていた。

「日焼け止めぬっとったのに。痛いわあ」

翌日には水ぶくれになり、

「かなんな、日傘までさしとったのに」

誰に言うでもなくオカンは水ぶくれの肩を見ながらしゃべっていた。もちろん誰も答えない。


授業参観があった。三人兄弟なのでオカンは学校の中を走り回って全員の授業を見る。だから参観日は疲れるらしく、学校から戻るといつも機嫌が悪い。

ところがその日はオカンのテンションが異常に上がっていた。

「中学受験は考えてますか」

面談で先生にそう言われたのだ。もちろんアニキの事である。オカンはその日、鼻歌まじりに夕飯の片付けを済ませ、新聞に入っていたチラシを持ってテレビの部屋に来た。

「塾行くか？『小浜学園』のチラシが入ってててん今日。塾入るのに試験あるらしいけど受けてみるか」

と嬉しそうにアニキに言った。オカンの頭の中には有名私立中学の制服を着たアニキが映っているのだろう。単純な人だ。

「どっちでもええよ、受けよか試験」

気の無い返事をしながらアニキもまんざらでもない顔だった。

そんな会話も忘れた頃、郵便でアニキの試験結果が送られて来た。オカンとアニキが台所でコソコソ話している。誰一人気に止める事無くテレビを見ていた。

次の日学校から帰ると姉ちゃんがアニキの机の引出しを開けていた。

「何してんの、アニキに怒られるで」

「見てみコレ、国語四十八点、算数五十七点。あいつ塾の試験落ちてんで、絶対」

そう言えば昨日の夜から急に、アニキは勉強が出来るという話をしなくなったオカン。

そんなにかしこないねんや。

と改めて知り、アニキの顔を思い浮かべた。

玄関の開く音がしたのであわてて姉ちゃんは机の引出しを閉め、二人して何事も無かった様に自分の部屋へ戻った。

第三章

ユリ・ゲラー

風邪をひいた。

少し熱があり頭がぼーっとするので学校を休んだ。

オカンはいつもの様に十時になるとパートへ出掛けた。アニキも姉ちゃんも学校だ。ウチのオヤジは建設現場で働いていた。雨が降ると現場は休みになる。その日も朝から雨が降っていたので、オヤジは家にいた。結果オヤジと二人っきりで過ごす事になった。

友達二人が見舞いがてら漢字の宿題用プリントを届けてくれた。ピンポンの音は聞こえたが、二階にいたので結局オヤジが玄関に出た。運悪く真夏の出来事。片方だけゴムの伸びたブリーフ姿で応対をしていた。

部屋へ入って来た友達は明らかに引いていた。オレが逆の立場なら当然の対応だと思った。明日学校で誰かに話したくなる、そんな感じの出来事のはずだ。

「よう来てくれたなあ。ありがとう。病気の時に見舞いにきてくれる友達がおるなんてお前幸せやなあ。腹減ってるやろ、今アイスクリーム持ってくるから」

オヤジはブリーフ一丁で、右側の伸びたゴムの隙間から中を覗かせながら嬉しそうに言うと、台所へ降りて行った。

アンタさえおらんかったらもっと幸せや。

そう心で呟いた。

友達は何と言っていいか分からなかったのだろう。オヤジについては何のコメントも無く、学校の話を始めた。

「今日は大変やったわ、風邪がはやってんのか六人も休んでてな」

「六人も？」

「そうや、掃除当番四人だったんよ。四人で教室掃除はきついわ」

「ほんまやな」

「宿題あるから。漢字や。プリント二枚、あさってまでやて」

「ありがとう」

とその時ふすまが開いた。

「持って来たぞ、アイスやアイス。夏はアイスクリームやな。これレディーボーデンやで、レディーボーデン。新発売や。はい、どうぞ」

そう言って、カレースプーンで五かきしたアイスの入った入れ物を、みんなの手に乗せた。

顔から火が出るかと思った。味噌汁を飲むお椀《わん》に入っているのだ。

そりゃあガラスで出来ていて、少し細い足が付いているアイスクリームグラスなんてものはウチには無い。でももう少しましな入れ物があるだろう。何も普段みんなが朝晩食事の度に味噌汁を飲んでいるお椀で持って来る事はないやろ。

しかもカレースプーンを付けて。

そのカレーのスプーンはオレと姉ちゃんでユリ・ゲラーの真似をして『スプーン曲げ』に挑戦したスプーン。案の定力で捻《ね》じ曲げてしまったヤツを、オカンが力で元に戻したからグニャグニャになっている。

頭が真っ白になった。

恐る恐る友達の顔を見ると、明らかに二人ともまた一段と引いていた。

「最近の子は大人しいなあ、ゆっくりしってってってや」

そう言い残してオヤジが下へ降りていった。

ゴメンと言うべきなのか、このまま何事も無かった様にシャベリ続けるべきなのか、小学五年生の自分には全く判断がつかなかった。

三人で無言のまま、お椀に入ったアイスクリームを食べた。日本一高級で美味しいはずのレディーボーデンのアイスクリームは今日に限って味がしなかった。

こいつら帰り道、この事しゃべんねんやろな。

恥ずかしいな。

こんな思いするなら、友達なんか見舞いに来んでもよかったわ。

そう思いながら無言でカレースプーンを口へ運んだ。

帰りしな友達二人に、

「ごめんな」

と言った。友達も同じ事を感じていた様で、

「えーよ、ごちそうさま」

とだけ言って帰っていった。

「なんや友達もう帰ったんか？」

オヤジがまた玄関先に出て来た。

「寝るわ」

そう言って二階へ駆け上がった。

悲しいレディーボーデンの思い出だった。

文化住宅

アニキは塾の受験に失敗した事で著しく勉強への意欲を失っていた。しかし中学へは誰でも行ける。地元の中学に通い始めたアニキは、毎日何事も無く淡々と過ごしていた。

成績は悪くもなく、特別良くもなかった。部活をするでもなく、勉強をするでも無くという中学生だった。

中学三年生の春に女の子に告白された。何で自分にと思うくらいカワイイ子だったのですぐにOKして付き合い始めた。

毎日学校から一緒に帰っているのだが、いつも大通りの交差点にさしかかると、

「この辺でええよ、家すぐそこやから」

「ええよ、家の前まで送るわ」

「ほんま大丈夫やから。じゃあバイバイ」

と、彼女の家までは送った事が無かった。疑う事を知らない中学時代の恋愛だった。それは彼女が友達と用事があると言って別々に帰った日の事。通りを渡る彼女を見かけ声をかけたが気付かなかった様子で、路地の奥へ行ってしまった。

少し小走りに後を追いかけた。純粋に、今日は一緒に帰れなかったけど、せっかく偶然会えたんやから少し話でもしよう。そういう気持ちで追ったのである。

「ただいま」

彼女がドアを開けて入って行ったのは、この辺りでも有名なボロい文化住宅の一室だった。

ウチの家よりボロい家……。

通りの向こうで別れていたのは、このボロい文化住宅を見られたく無かったからなのか？　彼女が頑《かたく》なにウチまで送るのを拒否したわけがやっと理解出来た瞬間だった。

彼女の家の向かいの棟のおばちゃんが話しかけてきた。

「お友達なん」

「はぁ……」

「あの子も可愛そうになあ。父ちゃんは寝たきりやし、母ちゃんはキャバレーで働いて、あの子が弟の面倒からばあちゃんの面倒まで、全部一人で見てんのよ。ええ子でしょ」

見なかった事にしよう。聞かなかった事にしよう。

そう心に決めて翌日も一緒に帰った。

昨日までと変わらない気持ちで接しなければいけない。

そう思えば思うほど態度は硬くなる。

ひさしぶりに自分のウチよりも貧乏な家を見た驚きに、心はかなり動揺していた。

「週末は何してるん?」

「宿題とか、テレビ見たり……」

ここで誘ってあげれば、休日のデートも出来るのに。

分かっていたが誘えなかった。

休日に誘えば私服を着なくてはならない。

きっと気の利いた私服も無いんやろな。

そんな事で悩ませたらあかんな。

それに休日に家を空けたら。ばあちゃんや弟の面倒は誰が見るんねん。

母親はキャバレーやから昼過ぎまで寝てるやろし、起きたら起きたで「二日酔いや」言うてるやろし。

気を遣ってしまい、付き合いだしてかなり経《た》つが、あれ以来一緒に下校する以外に進展を見せられなかった。

そんなある日彼女が言った。

「ごめんなさい。実は他に好きな人が出来たんよ。本当にごめんね」

「そうか、しゃあないな」

あっさりした態度に彼女は少し不服そうだったが、自分にとってはラッキーだった。付き合いを終らせる方法も知らず、毎日彼女の家の貧乏な事を気遣い、週末に遊びに誘う事も出来ず、ハッキリ言って疲れ果てていたのだ。どうやったら終れるのかを考えながらも手を繫《つな》いで帰っていたので、新しい彼の出現は正に渡りに船。アッサリしていても仕方あるまい、という感じである。

「じゃあ、行くね。ごめんなさいね」

そう言って彼女は校門の横で待っている別の男の方へ駆け出した。

その男はこっちの方を少し自慢げに、勝ち誇った顔で見ながら、彼女に手を振っていた。

いつか彼女のあの暮らし振りを見て、オマエも同じ反応を示して悩む日が来るよ。頑張れよ。

そんな気持ちを目線で送りながら、帰宅の途についた。

その日はひさしぶりによく眠れた。そして翌朝の目覚めも良く、気持ち良く登校する事が出来た。

ホンマによう頑張ったなあ。

自分で自分を誉めた。

昨日の彼に感謝しながら、軽やかな足取りで歩く姿を、大通りの反対側で彼女が見ていた。

順調

アニキが高校に入った。小学校の頃優秀だと言われたのは夢だったかの様に、中学、高校と進むごとにアニキの成績は下がり、普通の高校で普通の成績をとって、普通に生活する高校生になっていた。


部活はせずにバイトに明け暮れる日々。

夏休み明けに彼女が出来た。けっこう可愛い子だったので友達にも自慢したりして気分が良かった。

バイトをしていたのでお金もあったし、週に何日かデートして、メシを食ったりして過ごし、二ヵ月したところで、大阪で一番オシャレなラブホテルへ行って初めてのセックスをした。

めっちゃええ。

驚くほど気持ちの良い行為にしばらくは溺《おぼ》れて、毎日の様にホテルへ通ってセックスをする日々が続く。

学校から戻り部屋でオフコースを聴きながら電話をしていると、弟が入って来た。

もちろん二人の部屋だから弟が入って来ても当然なのだがうっとうしい。

「オカンが電話使うんやて」

戸を開けてそう言うと下へ降りて行った。

階段のところで弟と妹がコソコソ話のわりにはデカイ声で話しているのが聞こえる。

「あいつ、オフコース聴きながら女と電話しとんねんで。やらしいな」

「ふーん、女の人と電話してんや」

「セックスしたぁてしゃーないやろな」

弟はまだ小学五年生。『女と電話している』イコール『セックス』とまでは考えがまわっていないみたいだ。

ふと妹がセックスする姿を思い浮かべようとしたが、絶対に後で後悔すると思ったので止めた。

飽きた。

これが正直な感想や。

いくら気持ち良くても、毎日同じ女とやっとったら飽きるのは当然。

最近は自分の欲求が冷めたので、ホテルへ誘う回数も、電話をする回数もめっきり減っている。

「なあ、どうしたん、最近。全然電話くれんやん」

「そんな事ないがな、ちょっとバイトいそがしかってん」

言い訳しながらも、ますます電話から手が遠のき、ここしばらくはホテルへも行っていなかった。

「えーお前体験済みか」

たまに話をするくらいの友達が自分よりも先に経験していたと聞いて、そいつに興味を持った。

「うそぉ、凄いな。いつやったん」

「夏休みに、梅田でナンパした子としたんやけど、直ぐ別れてしもたから」

「一回きりか？」

「二、三回はしたで。でもそいつと別れた後、別の子と知り合って」

そうか、このクラスでエッチ経験者は俺だけやと思ってたら、あいつ夏休みにしとったんか。しかもナンパで相手を見つけてセックスをする。カッコイイなぁ。俺もやってみたいなぁ。

同じ女としすぎると飽きる。という事に気付いたが、その後どうしたら良いかも分からず、しない日々が続いていた。

「今日一緒に梅田に寄って帰らへんか」

自分から誘ってみた。そいつは直ぐに察してニヤッと笑い、

「えーよ」

とだけ言って歩いて行った。

それからしばらくはそいつと二人で、一回きりのセックスの相手を探しに週に一回くらい梅田へ行っていた。

絶対に知り合いや家族には見られたくないな。

そう思って警戒していた。

すぐにセックスさせてくれる子を選んでるから、基本的には可愛くない子がほとんどだ。話が多少合って、その日にさせてくれたらＯＫなのだから、あまり人に見せて

歩けるような女はいなかった。

時々気に入ると、二、三回したりしたがそれでもすぐ飽きる。

学校へは真面目に通い、バイトも熱心にする。バイトで貯めたお金でナンパした女の子とラブホテルでする。こんな毎日を繰り返していたら三年生になっていた。

そろそろ真面目に受験勉強でもするかな。そう思って生活を変えた。

学校とバイト以外はウチへ帰って受験勉強をした。

三年生になった時に、一番最初にセックスした女を受験勉強の友としてキープして、月に一回の割合いで誘い出しセックスをして欲求を満足させていたので、ストレスを溜める事無く無事大学にも合格した。

大学でテニスサークルに入ったのは、カワイイ子がいたから。

サークルの新入生で一番可愛い女の子を誘ったら、意外にも簡単にOKが出て、サークル内で公認の彼女となった。みんなにうらやましがられ、悪い気分ではない。

彼女は地方出身だったので、大学の近くで一人暮らしをしていたのも自分には好都合だった。

家族がうっとうしい。あいつらと離れたい。

日頃からそう思っていたので、大学に入ってすぐに彼女のアパートに転がり込んで、半同棲生活を続け、月に一、二回荷物を取りにウチへ戻る生活を四年間続けた。

結局この女と結婚する事になるとは、その時は夢にも思わなかったが。

高校時代から変わらないライフスタイル、すなわち普通に学校に通って、普通に勉強して、普通にバイトして、普通に彼女と付き合う。大学四年間もこれを繰り返し、普通に卒業した。

取り立てて特技がある訳でもなく、たいした大学でもなかったので、普通に自動車ディーラーに就職して、セールスマンとして働く様になった。

人生というのはこうやって過ぎて行くのだと思う。

何を躍起になって人は色々言うのか、色々するのか。

時折問題を起こして生活のパターンを狂わせるオヤジの存在以外は、自分にとって全てが普通に流れていく時間だった。

非常に順調である。

カローラ

「腹立つわ、やられてもうた」

姉ちゃんの言葉に体が固まった。


電車通学をしている姉ちゃんは、そこら辺にいる様なダラダラした不良高校生だ。友達もそんなにいない感じで、誰かと約束して出かけるとか、電話が来て話し込んでいるなどという事もほとんど記憶に無い。


十三《じゅうそう》にある学校に通っているから梅田行きの電車に乗っていた。

三日に一回は十三を乗り過ごして、終点の梅田まで行く。阪急ファイブの前でうろうろして時間をつぶしているらしい。

「一人で何してんの？」

声をかけられた。

三日に一回もの割合で梅田でうろついていれば、ナンパはしょっちゅうされる。よっぽどカッコ悪い男でない限り食事をおごってもらって、話をしたりしている。世の中そうそうカッコいい男はいない。ただでゴハンを食べさせてくれて、話がまあまあ面白ければ合格だ。

その日の男も特別にかっこいい訳でもなく、お金を持っていそうなタイプでもなかった。

丁度退屈し始めたところに、

「茶のみに行けへん」

と誘われたのでついて行った。

こいつ井上順に似てんなぁ。

『純喫茶』と書いてある店に入った。

カウンターに座ったままでウェイトレスが気だるそうに「いらっしゃいませ」と言って迎えてくれた。

数人いた客は皆一人でインベーダーゲームをやっていて、アベックは自分達だけだった。

とんでもない店やな、そう思ったが男はずんずん店の奥に行ってしまうのでついて行って一番奥の席に座った。

ドゥドゥドゥドゥ……ドゥドゥドゥドゥ……店内のテーブルが全てインベーダーゲームだったせいで、ずっとこんな音をBGM代わりにしていた。

「何食べる」

耳障りな音で気分が悪くなっていたので、食べるものくらい何かいいものにしようと思った。

「グラタン」

ウチでは食べられないものをたのんだ。

「何飲む」

「レスカ」

「お姉ちゃん、グラタンとレスカ……とレーコーとイタスパ」

注文をしたっきり話をしない。

変な間があった。

普通ナンパした後店に入ったら、「学校どこ」とか、「普段どんな音楽聞いてんの」とか、とりとめの無い話でいいから、何か話をするだろう。

無言のままタバコを吸う男をジッと見ていたら、

「タバコ吸えへんの」

と言って、テーブルの上のタバコをこっちへ押してきた。

セブンスターの上に百円ライターが乗っていた。

いつも吸っているわけではないが、時々オヤジのタバコを盗んで吸っていた。

二人でタバコを吸いながら、又しばらく無言で向き合っていた。

「学校さぼってんの」

「うん、まあな」

「どこの学校」

「十三の淀山」

「あー、淀ブスか」

「あんたいくつなん」

「二十六」

「仕事してへんの」

「最近までしとったで」

少し話すと又無言。

どうしても聞いてみたかったので聞いてみた。

「井上順に似てるよね」

それを聞いて男がちょっと笑った。

「そやろ、よう言われんねん。東京やったらもっともてるんかな。大阪やったら井上順に似てるより鶴瓶に似てた方が得やろ」

「そらそやな」

はじめて盛り上がった。

しばらくして井上順が言った。

「UFO三百点とる方法知ってるか」

「知らんけど」

「見とけや」

そう言うとポケットから百円玉を取りだしインベーダーゲームを始めた。

ドゥドゥドゥドゥ……ドゥドゥドゥドゥ……プシュプシュプシュ……BGMがより強力になって目の前から聞こえてくる。

しばらくしたらUFOが出てきた。

「見とけや」

一発打ってUFOが爆発した。UFOは三百点らしい。三百点という表示が出て、

「凄いやろ」

とだけ言ってまたゲームを続けてしまう。

少しも話を盛り上げようとしない男との予想外な展開に少し困惑していたら、注文したものが運ばれて来た。

「先食べててええよ」

顔も上げずにそう言って、男はずっとインベーダーゲームを続けていた。自分は食べているし、男はゲームしているし、全く会話も交わさないまま時間が過ぎていった。

「そこ見えへんから皿どけて」

何やこの男と思いながらもグラタンの皿を横によけて斜めに向いて食べつづけた。

丁度食べ終った頃に、

「自分続きやり」

と言って席を急に代わらされた。インベーダーゲームなんて三、四回しかした事がない。だからあっという間に終ってしまった。

それを見ながら男はくすくす笑い、レーコーを飲んでいた。


「車で来てんねん、ドライブしよ」

散々ゲームをして、あんまり話もせんと何やこの男、とムカついてきていたが、生まれてから車に乗った事はインベーダーゲームと同じぐらいしかない。

車や、車。ナンパされて車持ちは初めてやな。

そっちの興味の方が勝ってしまい付いて行ってしまった。

カローラか。案外普通やな。

新御堂を千里の方面へ車は向かっていた。

「とばすんやね」

「そうか」

またも会話は続かない。

しかし男と車でドライブというシチュエーションでテンションはかなり上がっていた。

「随分山奥まで来たね」

「あー」

「夜景がきれいやね、この辺は」

「あー」

気の無い返事を続けながら、男は人気のない所で車を止めた。

サイドブレーキの音が妙に大きく響く。

車は止まった。

車を止めると男はいきなり上に覆い被さり襲いかかってきた。

高校一年の時、一ヶ月くらい男と付き合っていたが、何度かキスをし、鼻息の荒いキスの合間に服の上から胸を触られたりという経験ぐらいしかない。

ホテルとか行けや。

何で車の中やねん。

もうええわ、はよせえ。

終わると男はさっさと車から出て、フロントガラスの向こう側でタバコを吸い始めた。うつむきながら服を直していると、カーステレオから『勝手にシンドバッド』が流れていた。最中には気がつかなかったが、サザンのカセットがずっとかかっていたらしい。

外に出た。

「タバコ吸うか」

「うん」

今更こいつに文句言っても処女は戻らんからな、そう思い黙ってタバコを吸った。

「初めてやったんやな」

「うん」

「梅田まで送ってくわ」

「うん」

一回目の「うん」と二回目の「うん」の違いなんかこいつには分からんのやろうな。

そんな事を思っていた。

来た時と同じ新御堂を千里から梅田の方へ車を走らせた。

あっ、また『勝手にシンドバッド』や。

あの時からテープが丁度一周した辺りで梅田に着いた。

カローラから降りる時、井上順が、

「又会おうや」

と左の胸を触りながら言ってきた。

いやや言うたらもう一回犯される。そう思って、

「ええよ」

と言って、デタラメな電話番号を紙に書いて渡し、カローラから降りた。

カローラの中で、井上順は紙に書いた電話番号と私を交互に見て笑っていた。


玄関の開く音がした。いつもならまっすぐコタツの部屋へ入って来る姉ちゃんが、台所の方へ歩いて行く。

どうしたんやろ。

一瞬気になったがすぐにテレビに気を取られコタツに座ったまま見続けた。

シャワー浴びてるんか。

今日に限ってまっすぐ風呂場へ行ってシャワーを浴びているらしい。

何かあったんかな。

そう思いながらもテレビを見続けていた。

シャワーの音が止まると、ガサガサとビニール袋の音がした。何かを詰め込んでいる様だった。

「どうしたん」

声をかけてみたが返事は無い。

「姉ちゃん」

もう一度呼んでみたがやっぱり返事は無い。

やっと重い腰を上げて台所の方へ行ってみた。黒いゴミ袋の中に制服をつめ込んでいる。

「どうしたん」

もう一度聞いてみたが、返事は無かった。

しかし、明らかに『ついて来い』という気配だったので、姉ちゃんと一緒に二階へ上がった。ウチに帰ってすぐにシャワーを浴びて、着ていた制服をゴミ袋に詰め込んでいる。何が起きたかは想像が付く。

これから話される事を想像したら、十四段の階段が百四十段にも思えるほど二階は遠い所の様に感じた。

「腹立つわ、簡単にやられてもた。くやしいなあ、ホンマに」

悲しいとか、恐かったとか、辛《つら》いとか……そういう言葉は無いのか、と聞きたかったが事が事だけにグッと言葉を飲み込んだ。

家族が寝静まった頃、姉ちゃんの部屋のドアが開き、姉ちゃんが部屋から出て行くのが分かった。布団に入ってはいたがオレにとっても衝撃的な事件だっただけになかなか寝付けなかったのだ。

そっと後を付けてみると近所のゴミ捨て場にさっきのゴミ袋を捨てに行っていた様だ。玄関で突っ立ったままゴミを棄ててこちらに向かって戻って来る姉ちゃんを見ると、なんとなく小さく見える。

「お母ちゃんに余計な事言いなや」

そう言ってオレの横をスッと抜けて階段を上がる姉ちゃんの目は少し赤いように見

えた。

泣いてたんかな。

次の日姉ちゃんは風邪だと言って学校を休んでいた。心配だったが何を話していいのか分からない。

その日の夜、様子を見に姉ちゃんの部屋の襖《ふすま》を開けてみた。

「なんや」

「いや別に」

姉ちゃんは布団の中で横になっていた。

カラーボックスの上にあるラジカセから、原田伸郎の『ヤングタウン』が流れていた。オレはベッドの横に座った。二人で黙ったまましばらく伸郎の話を聞いていた。

伸郎が言った。

『じゃあ曲にいきましょう。次の曲は勝手にシンドバッド。この曲おもろいわ、何歌ってるかよう分からへんやろ』

アシスタントの角アナウンサーが答える。

『ホンマにそうですよね。じゃあ曲聞いてください。サザンオールスターズで勝手にシンドバッド』

まだ黙ったままこの曲を聞いていた。曲が二番にさしかかった時おもむろに姉ちゃんが、

「これ流れてたてん」

「何が」

「『勝手にシンドバッド』や」

「曲の名前はわかっとるわ」

「やられた時にかかっとってん」

飲んでいたネスカフェのコーヒーを噴き出しそうになった。

「こんなちょけたバンド、一発屋で終ったらええねん」

やはり傷ついてはいる様で、サザンオールスターズに八つ当たりをして布団に潜《もぐ》ってしまった。

「制服買うてえな」

「あるやろが二着も」

「一着はボロボロになったから捨てたわ」

「何してんねんな、あんたは、もったいない。もう一着あるやろ」

「あれはもう小さいねん」

「もったいないなあ、あと一年やで、何で新しい制服買わなあかんねん」

オカンと姉ちゃんが言い争っているのを聞きながら、今回ばかりは姉ちゃんに味方したい気分やな、と思った。

少し元気出てきて良かったなあ、とも思った。

壁のぼり

オヤジにかかわるとろくな事にならない。それは家族でなくてもしかりだ。駅前の商店の『喫茶ダン』の夫婦もそうであった。

オヤジは喫茶店が好きだった。

最近のお気に入りは、駅前商店街の一角にある『喫茶ダン』。

何気なく入って行った店だったが、オヤジがレーコーを注文すると、愛想よく持って来てくれる石田えり風のボリュームのあるママが気に入って通いつめているうちに常連になったらしい。

ダンはママとマスター二人でやっている店で、この二人は勿論夫婦であった。ダンのマスターは物腰の柔らかい細身の男だった。喫茶店のマスターによくある口ひげをたくわえ、エプロンが似合うハンサムなタイプ。どこをどう照らし合わせてもオヤジより格段いい男である。

駅前という立地もあり、オヤジは毎日の様に通っていた。

「腕太いねえ」

「そうか？」

「触ってもいい？　わたしこういう男っぽい筋肉の付いた腕大好きなんよ」

「えーよ、触ってみ」

「キャー凄い、筋肉ピクピクしてる」

はしゃぎまわるママを奥からマスターが心配そうに見ているが二人ともお構いなしで、自分たちの世界で楽しんでいた。

二人のじゃれあいは日に日にエスカレートし、

「ママは年のわりにええスタイルしてるね」

「そうか」

「そうや、腰がキュッとしてるし」

そう言いながらママの腰に手を回してキュッと締付けるオヤジ。

「キャー、もう何すんの」

嬉しそうにキャッキャャと尻を振っているママにマスターは我慢出来ずに言った。

「あいつとあんまりしゃべらんほうがええで」

自分が嫉妬から怒っている事に気付いているので、感情を抑えてあえて冷静に言った。

「何言うてんの、ただの常連さんやないの。レーコー持ってくのにブスッとしてるわけにもいかんでしょ」

必要以上にはしゃぐなと言うとんのや、という言葉をぐっと飲み込んで、

「そやな、客商売やからな」

と言って黙ってしまった。

そんな夫婦のやり取りを知る由もないオヤジは相変わらずダンに通っていた。空いているモーニング後の十時とか十一時とか、夕方の四時とかを狙って現れ、ママとひとしきりはしゃいでレーコーを飲んで帰って行く。

遂には店の常連も、

「あの人には気いつけた方がえーで」

とマスターに忠告し始めるほど、二人の仲は傍目《はため》にも親密になっていた。

「ウチのが相手にしてもらえるなら、ちょっと貸しましょか」

と大笑いで答えながらも心の中では不安が渦巻くマスターだった。

その不安は的中していた。その時には既にこの二人は男と女の関係になっていたのだった。どこでどう連絡を取り合っていたのか、かなり深い関係になっていた様だ。

ある日オヤジは喫茶ダンのママと二人で温泉旅行に行った。城崎温泉二泊三日の旅。もちろん家の者には何一つ告げずに出掛けた。しかもその旅行代金にアニキがバイトで必死に貯めた十万円の貯金を勝手に持ち出してのことである。

「帰ってこうへんね。どこ行ったんやろ」

「腹へったわ。先食べよーや」

子供たちに言われてオカンも諦めて食事を始めた。

結局その日は帰って来なかった。

翌日の夕方、オカンが台所で食事の支度をしていた。子供三人はテレビの部屋で夕飯が出来るのを待っていた時である。

「ごめんくださいっ」

男の人の声がした。

玄関にはエプロンをつけたままのダンのマスターが立っていた。

「ハイ?」

「お前のとこのダンナは何考えとんねん」

「……」

「ウチの嫁はんと温泉行っとるわ、浮気や浮気」

「温泉？」

「そうや、人の女房と城崎温泉行ってるわ」

「はぁ？」

高校の同窓会で二泊三日、温泉旅行に行って来ると言って出掛けた奥さんに高校時代の友達から電話があって嘘がバレたらしい。その後ダンのマスターは城崎温泉中の旅館に電話して宿を発見した。宿はオヤジの名前で予約されていて、その部屋には中年のアベックが泊まっているという。

オヤジより遥かに男前の喫茶ダンのマスターは、顔を真っ赤にして怒っている。しかし怒られても残されたオレら家族にはどうしようも無い。こっちも帰ってこないから困っているのだ。

「すみません。戻りましたらよく言っておきます」

屈辱の度合いはダンのマスターと同じであろうオカンが、手をついて謝っている姿を見て頭に血が上った。姉ちゃんも顔を真っ赤にしている。相変わらずのアニキだけが憮然《ぶぜん》としたまま背を向けてテレビから目を離さなかった。


「ガンバレー、キャッキャキャッキャ」

露天風呂の中から相変わらずの楽しそうなダンのママの声がする。

昼間に露天風呂に入り、壁づたいに女湯へ行ける事を確認したオヤジが夜中の二時に露天風呂の壁を登っているのだ。女湯はママだけだったが、男湯にはハゲ頭のおっさんがもう一人いた。オヤジはそんな事はお構いなしで壁越しに、

「ママ、今からそっち行くで、待っときや」

「ガンバレー、早よきてー」

年甲斐もなくはしゃぐ二人。オヤジはもう一人の客に肛門を丸見えにしながら壁をよじ登っている。先客だったハゲ頭のおっさんは、

「かなんなあ」

と呟いて風呂を出て行った。

昼間から、蟹《かに》をむしゃぶり、酒を飲んで、風呂に浸かり、面白おかしく過ごしてい

る二人だった。


二日後、オヤジは夕飯前にフラッと帰って来た。

「悪いな、現場の仲間と温泉行っとってん」

子供は全員シラーッとしている。

「喫茶ダンのマスター来たで」

オカンがとんかつを揚げながら言った。

「誰や、それ」

しらを切り通そうとするオヤジに、

「あんたがこの三日間一緒に温泉に浸かっとった女のダンナやろ」

オカンはそう言うと、

「あんた達ちょっと公園へ行っとき」

と言って子供らを外へ出した。

公園までの道々、アニキが、

「殺されたらええねん、あいつ」

とオヤジに対して悪態をついていた。何度も何度も。

子供三人で公園へ行った。

アニキも姉ちゃんも高校生だ。言ってみれば大人の仲間に入れる。自分だけがまだ中学に入ったばっかり。こういう時どうしたらいいか分からなかった。

「離婚したらどっちにつく?」

姉ちゃんが事も無げに言った。

「離婚するんか、オヤジとオカン?」

もう不安でしょうがなくオレがアニキに向かって聞いた。

「捨てたったらええんや、あんなヤツ。オレはオカンとおるで」

「私もオカンや」

「そしたらオヤジどうすんねん」

「お前がオヤジとおったらええねん」

オカンとアニキと姉ちゃん、オヤジとオレ。考えただけで不安になる組み合わせだった。

「いやや、いやや。絶対にそれだけはいやや」

もう少しで涙が出そうになった時に、オカンが向こうから歩いて来た。

「ごはんやで」

みんなで戻ると、

「すまんな」

どんな話し合いがあったのか、さっきとは打って変わって大人しくなったオヤジが言った。

「金返すからな」

兄ちゃんは忌々しげに、

「えーよ、別に」

と言って顔を背けた。

「そーか？」

ちょっとホッとしたように言うオヤジの横をとんかつの皿を持って通り過ぎながらオカンが低い声で、

「あかんで」

と言った。

「分かっとるわ、そんな事」

と言ってオヤジはメシを食い始めた。

その日のメシはあの赤飯以来の味のしないメシだった。


その頃ダンではマスターが怒りの余り怒鳴りちらしていた。

ママは一言も口を聞く事無く店を後にした。その後ダンのママを見た人はいない。

マスターは恥ずかしかったが店をたたむわけにもいかず、一人で店を切り盛りしている。

さすがにその後ダンへは行っていないようだが、オヤジは平然とダンの前を通って仕事に出掛けたりしている。

店の常連客はガラス窓越しにオヤジの姿を見つけるとニヤニヤしながらコソコソ話をしている。

その後この二人が会っているか否かは誰も知らない。

第四章

つっぱり

ツッパリ世代だった。

暴走族が問題視され、クラスに数人はヤンキーがいる。バイクが学校の廊下を走り回り、授業もままならない。

先生達が暴力をふるわれ、怯《おび》え、教室では日常的にタバコを吸っている生徒がいる。そんな事が週刊誌やテレビで毎日の様に報道されていた時代に、中学生になった。学校へ行くのが少し恐かった。

入学してみたら拍子抜けした。平和そのものの学校生活。ほとんど不良の姿も見られず、少し不思議な気がした。

しばらくすると理由は判明した。

『ダイナマイトキッド』と呼ばれる鬼軍曹の様な先生がいたのだ。

禿《は》げ上がった頭がプロレスラーのダイナマイト・キッドに似ていることから、誰からともなく全校生徒がこの先生を『ダイナマイトキッド』と呼ぶようになった。

『ハムラビ法典』の再来のごとく『力には力を』で正しい学校を取り戻すために立ち上がっていたらしい。ただ少し頑張って立ち上がりすぎた様で生徒たちは恐れをなして不良化をストップしている状態なのだそうだ。

しかしいつの世も先生に反抗する生徒というのは存在して、頑張って長ランを着たり、ぶっといズボンを穿《は》いて対抗していた。

そういう生徒を見つけるとダイナマイトキッドは校内放送で生徒を宿直室へ呼び出した。呼び出しをくらった生徒が戻って来ると、心なしか顔が腫れていたり、口の端が切れていたりしている。

その上『不良仕様』の制服は没収され、目の前で燃やされていた。

制服を燃やされた生徒は仕方なく体操服を着て帰る。

「何でこんなに厳しいねん」

生徒たちは口々にそう言いながらも、世間の流れとは反対に正しい学校生活を送っていた。

ダイナマイトキッドはホンマにエグイ。

修学旅行の二日前、荷物検査をするから旅行カバンを持って登校しろと言われた。

そんなもん検査の後で何かつめたらええやないか、アホちゃうか。

と思いながらもシブシブ旅行カバンを持って登校した。

驚くべき出来事はその荷物検査の後に起こった。ダイナマイトキッドは手に黒いモノを握り締め、高々と掲げてみんなの前でこう叫んだ。

「学校や修学旅行でこんな物を身に着けようとしている奴がいる」

ダイナマイトキッドの手に握られていたのは黒いブラジャーだった。

「学校行事に黒いブラジャーは必要ない。パンツもしかり。下着は白か肌色。それ以外は許可しないからそのつもりで。この黒いブラジャーは後で焼くからな」

体育館がどよめいた。

さらに驚くべき事に、ダイナマイトキッドの横で黒いブラジャーの持ち主は泣きながら、必死でシャツの胸のところを引っ張っている。乳首が透けないようにしていたのだ。

生徒の荷物を隅から隅まで調べているという事実、たとえ女子生徒の下着であっても容赦しない、それがたとえ今穿いているパンツでも脱がす、という姿勢に生徒達はびびってしまい、何事も起こらない静かな修学旅行だったのを覚えている。

しかし女子生徒達も負けてはいなかった。

ある日の授業中ふと左側の女子を見た。中学に入り成長し始めた胸の膨らみがブラウスの生地を持ち上げボタンとボタンの間から胸の谷間が覗けた。

「エーッ、ブルー？」

彼女のブラジャーはブルーだった。

ダイナマイトキッド効果でブラジャーは白か肌色が定着していた校内で、ささやかな抵抗なのであろう。

不謹慎にもオレはこの女子生徒のブルーのブラジャーがダイナマイトキッドにバレて、はぎとられたらええのにな、と思っていた。

そのブルーのブラジャーはオレの中では中学時代の性的な思い出の一つになった。

中学に入っての友達関係というのは、些細《ささい》なきっかけで成立する事が多い。

オレの後ろの席によその小学校からこの中学に入学した『フジモト』というヤツが座っていた。その隣にはやはり違う小学校から来たヤツがいた。この男が妙に明るく、ぺらぺらとつまらない事を良くしゃべるヤツだった。

「おまえフジモトギイチの子か？」

苗字がフジモトというだけで随分と短絡的である。

「違う、フジモトギイチとは関係ない」

フジモト君は否定したがその次の日から彼のあだ名は『ギイチ』になった。

ギイチとオレは妙に気が合った。飽きる事無く毎日とりとめの無い話をしていた。

「ひょうきん族見たか」

「見たで。お前どこおもろかった？」

「西川のりおのオバケのQ太郎」

なぜかギイチは西川のりおのファンだった。

「薬師丸ひろ子かわいいなあ」

「そやな、西城秀樹って香港ですごい人気あるらしいで」

「そうなん。そうや、阪急百貨店で桂べかこ見たで」

「うっそー、見たん。へえー」

「二組のあいつ、生活保護受けてるらしいで」

「親が離婚した言ってたヤツか」

テレビの話から芸能人の噂、隣の組のヤツの噂とあれこれ話し合った。

他にもギイチからは色々な事を教わった。

エッチについて教えてくれたのもギイチだった。

「男と女が合体することをセックス言うねん。合体や」

これをギイチから聞いて小学校六年間の疑問『大人の女の股から血が出る儀式』についての謎が解けた。

一人エッチの仕方も教えてくれた。

早速その日の夜に家の風呂場でやってみた。因みに一人エッチのネタは『翔んだカップル』の桂木文、ギイチに写真集を譲ってもらった。

ギイチとは家の方向も部活も一緒だったので、毎日ほとんど一緒に帰っていた。

中学に入るとすぐに課外活動を決めなくてはならなかった。

「ギイチ部活何入る?」

「何にしよ、運動部がええけど、楽なんがええなあ」

「そやな、楽な運動部か。卓球どうや」

「あー楽そやな。そうしよか」

という事であまり深く考えずに卓球部に二人で入部したがこれがどうして、中々大変な部活だった。

毎日毎日マラソン部か何かの様に外を走らされる。楽だと思って入ったのに一番避けたいランニングが毎日あるのには閉口した。

だから一ヶ月もしないうちに幽霊部員になっていた。

二年生になってもダイナマイトキッドは相変わらず恐かった。

そうは言っても一学年上がると少しは格好をつけたくなる。二年になった五月にギイチと二人で三国《みくに》のセンイシティーへ制服を買いに行った。

龍の刺繡《ししゅう》や真っ赤な裏地、目を見張る制服がズラーッと並んでいた。

「スッゴイわー、これかっこええなあ」

「ホンマや、でもこれ着て行ったらダイナマイトキッドにボコボコにされるやろな」

「間違いなくやられんな」

宿直室逆リンチ（生徒の間ではダイナマイトキッドに呼ばれる事をこう呼んでいた）について話しながら控えめな小ランを買った。

「このくらいやったらしばかれへんやろ」

「うん、目立たんようにしとったら大丈夫やないか」

と言いながら、帰り道にヨソの学校の生徒に『かつあげ』されん様にうつむきかげんで足早に家路へついた。


ある日ギイチと二人で学校から帰る途中、背の高い高校生に後からつけられた。二人で足早になると相手も早歩きになる。小走りすると益々大股でついてくる。

「後つけられてんな」

「そうみたいやな、かつあげかな」

「そやろ、背高い感じせえへんか」

「ハッキリは見てないから分からんけど、百八十センチはあるで」

こそこそと話しながら前を見て歩いていると、オレとギイチが別れる角が来た。二人で目で合図をして、せーので走り出した。オレの後ろで誰かが走っているのは分かったが恐怖で確認などできない。

「走んなよ、コラ」

声がした。やっぱりオレは追われているらしい。

何か気に入らん事したかな。

しばかれんのかな。

しばかれんのはいややな。

そう思いながら必死で走った。

卓球部でのランニングの甲斐あって、それ程スピードが落ちる事無く家の前まで辿《たど》りついた。が今日に限って玄関にカギがかかっている。

「ただいま、開けて、誰か開けて」

必死で引き戸のガラスを叩いた。あまりに必死だったのでガラスが割れた。そこから手を入れてカギを開けて、やっとの思いで家の中へ入った。

遠くで、

「ボケ、逃げんなカス」

という荒い声が聞こえた。

恐くて体が硬くなっている。

コタツの中に首まで入りガチガチと鳴る歯の音が部屋の中に響き渡るのを一人で聞いていた。

「どしたん、このガラス」

「誰もおれへんから割って入った」

格好が悪いので追われた事は黙っていた。

「何てことすんねんね、あんたは。ガラスなんて新しく入れる金ないで」

オヤジが戻って来て、

「紙でも貼っとけ」

と言った。

最終的にどうしたのかを見届けないまま翌朝はあわてて学校へ出掛けてしまった。

学校から戻って玄関の前に立って驚いた。割れたガラスからオレが顔半分で覗いている。何とオヤジは、オレが美術の時間に画用紙に書いた自画像をガラスに貼り付けていたのだ。しかも外向きに。

道行く人は皆、割れたガラスから半分覗いているオレの顔を見ながら通り過ぎていた。時々クスッと笑っている人もいる。

「今日一日こうやったんか」

家の中に駆け込み、片手でビリビリと自画像をはがした。

「寒いから何か貼っときや」

呑気《のんき》なオカンの声にムッとしながら、台所のカレンダーを一枚めくって貼った。

「まだあと十日もあるのに何めくってんの」

追い討ちをかけるような姉ちゃんの言葉にムッとしながら、今日一日ウチの前を通った人の数と顔を思い浮かべて頰《ほお》が熱くなるのを感じた。


平和な三年間があっという間に過ぎ、賢いギイチは私立の高校へ、オレは普通の高校へ行った。あれ程毎日くっついていたのに、ギイチとオレは高校生になってから一度も会っていない。

たった三年間の友情であった。

動かしてない?!

オレが高校生になった頃からアニキはほとんど家に寄り付かなくなっていた。アニキと共同の部屋は一人部屋状態になり気楽に過ごしていた。

姉ちゃんはタバコをよく吸う。でも自分の部屋に臭いがつくのを嫌がってオレの部屋に来て吸う。

アニキがいなくなってから、オレの部屋は姉ちゃんの喫煙室と化していた。

自然とオレもタバコを覚えた。


通っていた学校は特別賢くもなく、特別アホでもなく、自由で気楽な学校だった。

クラブ活動に参加することもなく、バイトに明け暮れる高校生活。

ただ授業で選択クラブというのがあって、水曜日の六時間目がそれだった。

映画研究会に入った。男ばかり六人。

その中の四人がクラスも一緒だったので自然と仲良くなり、高校三年間はこの四人でつるんで過ごした。

『映画研究会』と言えば聞こえはいいが、8ミリフィルムを持って学校内を一時間歩き回り、気が向くと景色や人を映し、次のクラブの時間にみんなで見るというダレたクラブ活動だった。

あるクラブの時間、テニスコートを撮りに行った。

テニスコートの横の草むらからのショットだ。一段低い位置からの撮影はスコートの中がよく映る。

女子テニス部員三十人が部長の笛に合わせて素振りをしている。ラケットが空を切るたびにスコートが跳ね上がり、アンダースコートのレースがレンズ越しに良く見えた。

「もっと振れ」

「もう少し……」

「アンダースコート穿いてへん奴おれへんかなぁ」

「中には一人ぐらいおるやろ」

などと軽口を叩きながら、下からのショットを楽しんだ。

三十人も女子が並んでいても可愛い子は目に止まる。

とびきり可愛い子を見つけた。

「おニャン子クラブの国生さゆりに似ている」

一人だけ浮き上がって見える、ショートカットの女子部員だった。

次の部活でテニスコートの撮影フィルムを見ると、「国生さゆり」が一人でテニスをしているがごとく、彼女しか映っていない。

三人のうち一人が、

「俺、こいつと同じ中学出身やぞ」

と言ったので、その日の帰りにそいつのうちへ寄って、中学の卒業アルバムを見せてもらった。

「ヤッパリかわいい」

「うーん、かわいい」

一人で悦に入っていたら、

「中学の時、確か高校生と付き合ってたらしいで」

と知りたくない情報をくれた。

途端に頭の中は、

「エッチしてたんかな」

に変わってしまった。

「噂では彼氏のを入れさせた事はあるけど、動かせへんかったらしいで」

「じーっとしてたんか？」

「まあ、相手の高校生のエッチしたい気持ちも分かる。彼女の中学生やからまだ早い、という気持ちも分かる。まあ折中案ちゅうやっちゃな」

「そーか、ちょっとは真面目な子なんやな」

妙にみんな納得した。

「今から電話してみいや。中学の時の名簿がどっかにあるはずやから」

「なんでぇな」

「えーやん、好きなんやろ。してみろや」

「そや、そや」

みんなの勢いに負けて電話で告白することになった。

「いいよ」

拍子抜けするほどあっさりと告白は受け入れられた。

国生はオレの事知ってるんかな。

知らんでも誰でも良かったんちゃうか。

女の子も一度入れた事あると、こんなもんかなあ。

色々考えて悩んだりもしたが、めでたくオレにも初めての彼女が出来た。

有頂天になっていたが、少し時間が経過して冷静になると、付き合うとは何か、何をする事なのか、という疑問が沸き起こった。

「何したらええの」

「そりゃお前、朝学校に一緒に行くとか」

「そうそう、帰りは一緒に帰ってウチまで送るとか」

「そやな、弁当作ってもらって、昼に一緒に食うとか」

困った。ＯＫと言われて嬉しさの余り、

「ありがとう」

と言って電話を切ってしまったのだ。

翌日学校の廊下で国生とすれ違った。緊張と照れで無視して通り過ぎようとしてしまう。

そんなオレをかばって他の三人が、

「彼女やないか」

「挨拶《あいさつ》せんかい」

と場を盛り上げてくれた。

「よお……」

「……」ニッコリ。

「じゃ帰りに」

黙って笑う顔もうなずく仕草もかわいい。

帰りにとは言ったものの、待ち合わせもしていないので、意を決して彼女の教室の前で待っていた。

初めての彼女と二人の下校なのに、三人が後ろから着いて来ている。にやにや、クスクス、全く参ったがおかげで緊張はほぐれて話をする事ができた。

「なあ、何でオレと付き合うのＯＫしたん。オレの事知ってたん」

「当たり前やないの。顔も名前も知っとったし、かっこええなあ思っとってん」

「よかった、誰でもええんかなあって思っとってん」

「何言うてんの、ひどいな」

家まで送って行きながら、安心した。

ホッとして周りを見ると同じ高校のカップルがいっぱいいいた。

腕を組んだり、手を繋いだりと仲良くしている。今日のところは微妙な距離を取りながらお互いに触れ合う事無く家まで着いた。

初めてのデートは学校帰りに甲子園へ野球を見に行った。

バース、掛布、岡田の三連続バックスクリーンホームランに二人で大興奮した。

『六甲おろし』を歌いながら、二人で満員の阪神電車に揺られて帰った。

楽しい時間はあっという間に流れていった。

ショートカットの国生はセミロングヘアーの国生になっていたが、未だオレの彼女だった。

「もうエッチした?」

「アホ、キスもまだやわ」

「何してんねん、せなあかんやろ、キスくらい」

「みんなやっとんぞ」

ふと、ウチの高校の女子でエッチした事あるんは何人くらいおるんかな。

と考えてみた。

みんなやらしいなあ。

という結論に達した。

三人に言われたせいもあるが、そろそろ……と思っていたので、今日こそはキスをしようと考えて家を出た。

帰り道、喫茶店でお茶を飲んで時間をつぶした。実は外が暗くなるのを待っていたのだ。帰りの途中にある小さな公園で二人でブランコに乗っていた。ブランコが止まったらキスをしようと心に決めていたが、タイミングが計れず二人でズーッとブランコをこいだまま時間が流れていった。

止まったブランコに座る彼女に近づいてキスをするという、今日一日温めていた計画はあえなく崩れた。ブランコに飽きた彼女がオレより先にブランコを止めてジャングルジムの方へ歩いて行ってしまったのだ。

あわててブランコを止めて追いかけた。必死だった。

ジャングルジムにもたれる彼女の肩に手をかけ、
「キスしたいんだけど」
と言って顔を近づけた。彼女の肩に置いた手に力が入り、国生の首が後ろに反って
ジャングルジムに当たった。ゴンという音の後、数秒の沈黙があって唇を合わせた。
オレとしてはそれだけでもうテンションは最高値に達していたが、次の瞬間思って
もいない事が起きたのだ。
舌が入ってきた。
前に入れさせたという高校生とこんなディープなキスしてたんやな、という思いが
駆け巡り自分から顔を離してしまった。
また気まずい沈黙があった。
「帰ろっ」
彼女はキッパリとした口調でそういうとさっさと歩き出した。
その後も別に変わったこともなくオレ達の付き合いは続いた。
高校三年生の夏休みにそろそろいいだろうと思い、彼女とエッチをする事を試みた。
生まれて初めてのこと、どこで、どうすれば良いのかをやはり例の三人に聞いた。

勿論全員が既に経験者だった。

「まだしてなかったんか？」

から始まり、ラブホテルのシステムを事細かに教えてくれた。

中学の頃、ギイチとドキドキしながら横を通った駅裏の『ホテルエンペラー』を勧められた。

自動ドアが開くとコンピュータの声でお出迎え。

「いらっしゃいませ」

と言われ、三人の言った通りだなと思った。全てを聞いてきたから自然に振る舞うつもりだったが、中から出てきた二十代後半のカップルと入り口ですれ違い、かすかにした石鹸の匂いにすっかり舞い上がってしまった。

この二人は、さっきまで真っ裸でやってたんや、と思うと大人と子供の境目が見えた気がした。

部屋を選ぶボードには、やはり三人が言った通り写真があり、空室には電気がついていた。レクチャー通り部屋を選んでボタンを押した。

何もかもがやつらの言う通りで、滞りなく部屋に辿り着けた。

が部屋に入ると次のドキドキが待っていた。

ガラス張りの風呂、天井の鏡、ベッドの枕もとに無造作に置かれるティッシュの箱、緊張は頂点に達した。

「シャワー浴びてくるわ」

そう言ってシャワーを浴びたが、その後どうしてよいか分からずもう一度きちんと全部服を着て戻って来た。

「シャワー浴びてきたら」

「うん」

そう言って浴室に向かう姿が自信たっぷりに見えて益々緊張した。

シャワーの音が聞こえてきた。

裸や!

そう考えたら思わずガラス張りの風呂を覗いてしまった。

真っ裸だった。

おしりがつるつるだった。

シャワーの後、彼女も服をきっちり着てきた姿を見て少し緊張がほぐれた。

二人でベッドに入り一時間ほど頑張ったができなかった。どこに入れていいか分からない。

あれ程みんなで話したり、本を見たりして勉強していたはずなのに、思った通りにいかなかった。

「ごめんな、初めてやから私もようわかれへんねん」

この言葉で、出来なかったことはもうどうでも良くなった。

やっぱりあれは単なる噂だったんだ。

一週間後、同じホテルの同じ部屋で二人は男と女になった。

オレは動かした。

そんな体験を重ねながら、楽しい楽しい高校生活は過ぎていった。

梅田のホテル

「結婚するわ」

ある日突然アニキが言った。

アニキ二十三歳、オレ十八歳の秋の夜だった。

相手の人を家族全員知らない。一度も家へは連れて来ていない。

「むこうの親とホテルで食事会でもして、紹介するわ」

「金もったいないやろ。ウチ連れて来たらええがな」

と嬉しそうに言うオヤジに、表情を変えず、

「えーよ」

と言って二階へ上がって行くアニキ。

中学を卒業した辺りから明らかにアニキは変わっていった。

もともと感情表現豊かなタイプではなかったのに、益々もって何を考えているか分からない、無愛想で無口な男になった気がする。

当日、梅田のホテルのロビーで待ち合わせる旨を言い残し、アニキは一足先に家を出た。オヤジ、オカン、姉ちゃん、オレ、四人で電車に乗って梅田へ向かった。電車の中でオカンはしきりに、

「あんまりお酒飲まんといてね。いらん事言わんといてよ」

とオヤジに何度も何度も言っていた。

その日のオヤジはいつもよりも真剣に変身しようという気があったらしく、背広をきちんと着ていた。オカンはいつもの着物。これしか持っていないのだろう、いつも同じ着物を着ている。姉ちゃんは紫色のワンピースを着て、必要以上に厚い化粧をしていた。

この頃姉ちゃんは家の近所のスナックでアルバイトをしていた。こんな服着ていったら又アニキの機嫌が悪なるで、そう思った。

学生は気楽だ。制服でいい。学生のうちは冠婚葬祭全てが制服で済むから、着るもので悩む必要が無い。

ホテルの場所が少し分かり難い場所だった事もあるが、我が家では基本的にホテルなどというものを利用した事が無かったから、道に迷った。

約束の時間にはまだ少し間があったが、二十分は先に着いて待っていなくてはいけないと言って、朝早くから準備をしていたオカンの努力は何の役にも立たなかった事になる。

予想通り相手が先にホテルに着いていた。

アニキも一緒だ。

オレ達を一目見るなり、近づいて来たアニキはボソッと姉ちゃんの耳元で、

「何てかっこうしてんねん。貧乏人が背伸びすんな」

と言った。

「えらなったもんやね」

姉ちゃんはアニキを見ることなく吐き捨てた。

アニキはそれだけ言うと、オヤジともオカンとも口を利く事無く、また相手の親の近くへ移動してしまった。

白髪混じりの七三分けの父親。身長はオヤジより十センチ以上高い感じだ。ふちなしメガネをかけ、優しそうに笑っている。横には上品な母親。

妹がいるらしい。随分年が離れている様だ。中学の制服を着ている。何年生なのか

は分からないが、アイロンがきちんとかかった、手入れの行き届いた制服を着ていた。

清楚ってこういう感じかな。

自分の制服の汚れが恥ずかしくなってきた。

前日にまゆを揃え、ボンタンを穿いてきた自分が田舎者に感じ、目線をそらした。

個室に通され、かつて無い状況にウチの家族は完全に緊張していた。

「これおいしいですね、お義父《とう》さん」

「そうだね。前に神戸のお店で食べたものより少し柔らかいね」

ウチに居る時とは別人の様に流暢《りゅうちょう》にしゃべるアニキに家族一同驚きを隠せない。

小学校の時にドッジボールをするアニキを見て、別人の顔を知ったのだが、家族以外の人間とは上手くコミュニケーションが取れるのは、今も昔も変わらない様だ。

普段は決して家族に見せない顔を、割り切って今日は見せている。

相手は大人の集団。我が家は緊張のあまり、いらん事を言うどころか、大切な事も言えない程緊張しているオヤジを筆頭に完全に子供扱いされている。

緊張とは違った、不愉快そうな面持ちでまた、姉ちゃんも一言も話をしなかった。

明らかに機嫌が悪い。変なところでプライドだけは高い姉ちゃんの事だ。先方の生活状況にやきもちを焼いているのだろう。

「可愛い弟さんやん」

アニキの相手が言った。

「そぉかぁ」愛想良くアニキが答える。

「うん、凄くかわいいやん」

「憎たらしい口きくけどな、年も離れてるし、ケンカばっかりや」

「なんで、しっかりしててええ子やない」

「まあ、そういう所もあるけどなぁ」

ビックリした。これではまるでオレとアニキは仲の良い兄弟みたいではないか。ケンカらしいケンカなんかしたこともない。

アニキの豹変《ひょうへん》振りにさすがのオレも口数が減っていった。

食事が終わり、コーヒーを飲んで、そろそろお開きという時、アニキが近づいて来て、

「先帰っとって」

サラッとそういうと又あちらの家族の中にまぎれていった。

お互いにうわべの挨拶を交わすと、それぞれの方向に歩き出した。

帰りの電車の中、姉ちゃんが、

「あいつら好かんわ」

吐き捨てる様に言った。

「兄ちゃんもホンマあそこまで嫌なヤツとは思わへんかった」

「そんな事言うもんでないよ。兄ちゃんも忙しくていろいろあるのよ」

オカンがアニキをかばった。

「なにが可愛い所もある弟よ。ほとんど口も利かんくせに。くさい事言いやがって」

姉ちゃんはウチに着くまで悪態をついていた。

その後、アニキの口から相手のことや両親の事を聞く事も無く時は過ぎ、アニキの結婚式は無事終わった。

高校生の終わり位からほとんどウチに寄り付かなかったアニキだったが、結婚を機に今まで以上に何かよっぽどの事がなければウチに来る事もなく、元気で生きているという事しか分からない存在になっていた。

初恋

姉ちゃんの就職が決まった。

夏辺りから「もう三年やで、卒業したらどうするの」と口やかましく言っていたオカンはかなりホッとした様子だ。

「駅前のスーパーの七階にあるメガネ屋さんなんよ。しかも正社員。アルバイトとか契約とか言われたらどないしよかと思ってたんやけど、ホンマ一安心やわ」

肩の荷が降りたのか、心なしか表情も明るいオカン。

安心したオカンを台所に残し二階へ上がろうとしたら階段で姉ちゃんとすれ違った。

「おめでとう」

「そんな事思ってへんくせに」

相変わらず健在の悪態だが、いい加減に慣れた。

毎回相手にしていてはこっちの神経が持たへん。

やすっぽぉ。

姉ちゃんの残り香は安っぽい香水だった。


仕事は毎日適当にこなしていた。

「そのメガネ似合いますね」

と言って客にメガネを売るだけ。

何の技術も努力もいらん仕事だ。

大体必要もないのにメガネ屋へ来る客もおらん。

必要やから来るわけで、そこで、

「似合いますね。凄く素敵ですよ」

と言われればたいていの人は買って行く。

すぐ覚えられて単調な仕事。

まあ働くっちゅう事はこんなんやろ。

こんなところだけ妙に冷めて割り切っている。

でもあまりに刺激の無い生活と、安い給料に耐え兼ねて時々地元のスナックでバイトをしていた。

そんなある日、向かいの靴屋に角刈りで見るからに体育会系の男が転勤してきた。噂によれば東京かどっかの支店から、売上倍増の為に派遣された主任らしい。婦人靴を扱っているとはいえ、客は皆近所のおばちゃん連中や。そのおばちゃん相手に必死に接客している姿を毎日通路を挟んで目撃していた。

よお走る店員やな。

奥の倉庫へサイズや色の違う靴を取りに行く。必ず走って。

ぶっといおばちゃんの足の前にひざまずいて、

「いかがですか、履き心地は？」

と言っては靴を履かせる。しかも笑顔で。

就職したんがメガネ屋で良かったわ。靴屋やったら続けへんかった。

真面目にそう思った。

最近もう一つ気になっている事がある。

その熱血店員が、チラチラといっつもこっちを見てるのだ。

働いてみると客でいるときには気が付かない大変な事がたくさんあった。十時開店は丁度良い時間だと思っていたが、店員になると十時に出勤という訳にもいかない。

朝は掃除をして、商品の点検をして、朝礼を終らせて、化粧直しをするともう開店五分前という感じだ。逆算すると毎日八時三十分には出勤しなくてはならない。

朝早いのは苦手だ。朝の掃除当番の日は不機嫌極まりない顔でモップを振り回すかの様に掃除をしている。

「メガネと靴って似ていますよね。身に付けるものだけど服とは違うし。アクセサリーでもない。そう思いませんか？」

熱血店員が間抜けな事を語りながら近づいて来た。

「はあ……」

気の無い返事をしてマジマジと相手の顔を見た。

なんじゃ、こいつ。

声をかけられた事自体は嫌な事ではないが、もう少し気の利いた言葉がいくらでもあるのではないか。

「じゃっ、今日も頑張りましょうっ」

必要以上に元気な挨拶にかえって気が抜けた。別の日には、

「メガネ屋なんだからメガネをかけた方がいいと思うけどなぁ」

「はぁ?」

またもや的の外れた声のかけ方だ。と思ったが店内を見渡すと四人の従業員全員がメガネをかけていた。

今まで気付かんかったけど、メガネ屋ってメガネをかけてる人多いんや。

思いっきり気の利かない声のかけ方だが、的は射ていた様だ。

「あれから考えたんだけど、メガネはやっぱり服の一部だと思うんだよ」

「はあ……」

東京弁が耳障りだった。

だが最近はこの熱血店員の次の声のかけ方がどんなものか、気になりはじめていた。

数日してまた熱血店員が近づいて来た。

来た。今日は何?

期待とは少し違うが、待っていたかの様に耳が準備を始めた。

「仕事終わってから、お食事でも行きませんか」

どうやら私の事が好きだったらしい。

恋人は東京の人……。悪ないやん。

仕事が終って二人っきり、電車で梅田まで出て食事をした。男の人と二人でフランス料理を食べたのは初めてだった。自分が少しウキウキしているのを感じて気恥ずかしくなっている。

その後何回かお食事デートを重ねた。

付き合っているというのはこういう事を言うのだろうか。

普通の状態にこう思うあたりから、いかに今までまともに男と付き合ってこなかったかが分かる。

「姉ちゃんな、真剣に付き合ってる人がおるらしいんよ」

オカンにそう言われた時は耳を疑った。

「あんな女を好きな奴がおんねや」

そういえば半年くらい前に、

「向かいの靴屋にアホな男がおって、気の利かん事言いよんねん」

「メガネ屋はメガネをかけとるもんやとか」

と姉ちゃんは言っていた。

そういえば最近、目も悪くないのに、メガネをかけ始めた。

好きなんや、と思いあんな姉ちゃんだけど少し可愛げがあるなと思った。

いよいよその男が家に来るらしい。

「今日は来はるからね、姉ちゃんの、ほら……ね」

「何しに来るの」

「そりゃ、あんた結婚の申し込みでしょう」

全員家にいる様にオカンに言われ、朝から家族全員が珍しく家の中で集合していた。

なぜかアニキも珍しく来ていた。

「行ってくるわ」

姉ちゃんは駅まで男を迎えに行った。

四人で待っている間にオカンが、

「余計な事言いなや」

と再度オヤジに念を押した。

「余計な事て四十歳のおっさんと不倫してた事か」

ええっ。

全く知らなかった話に驚いて声も出なかった。

アニキを見た。相変わらず冷静だ。知っていたのだろうか。

イヤ知らなくてもこの人は驚かない。

「姉ちゃん不倫してたんか？」

「そや、駅前の『タンバリン』でバイトしとったやろ、いっとき」

小さな駅特有の場末の飲み屋街に『タンバリン』というオジンが集って飲むカラオケスナックがある。メガネ屋が退屈でバイトしてたのは知っている。が不倫とは。

村下孝蔵の『初恋』を上手にカラオケで唄う四十歳の男と付き合っていたらしい。

この二人、店の従業員もなじみの客も知っている公認の仲だった。スナック企画で開催された「有馬温泉一泊旅行」も姉ちゃんの発案だったらしい。このおっさんと温泉へ行きたいが為に、スナック企画で客と出掛けるツアーを計画した。

この関係は一年くらい続いた。

ぱったり男がスナックに来なくなった。姉ちゃんもこれはおかしい、何があったのか、と気にしていた。店のママや客達もおかしいと言い始めていたある日、他のなじみの客が情報を拾ってきた。どうも子供が盲腸から腹膜炎を併発して長期入院していたらしい。夫婦二人でつきっきりの看病をしていたら、絆《きずな》が生まれ夫婦仲が元に戻ったんだそうだ。それを知ってからの姉ちゃんは荒れて、毎日深酒。酔っ払うと、おっさんなら誰かれ構わずつかまえて村下孝蔵の初恋をリクエストする。

その歌を肴《さかな》にもっと深酒をするの繰り返し。

そんな姉ちゃんに優しく、

「飲みすぎやで、送ったるわ」

と声をかけるやらしいおっさんが数人いたようだ。

彼の足が店から遠のいてから、二、三回帰らない日があった。決まって初恋を歌った男と店を出た夜だった。姉ちゃんはそんなおっさんに抱かれていた。汚れていく姉ちゃん。

どこで調べたのか、病院を突き止め出掛けて行く。

子供を真中に挟んで、誰が見ても夫がつい最近まで浮気をしてたなんて微塵《みじん》も感じさせない仲良さで三人、歩いている。

「やめて頂けないでしょうか」

相手の奥様からオカンに電話がかかって来たのは、病院を覗きに行ってから一ヶ月ほどしてのことだった。

「お母様からそういう事はやめる様に仰《おつしや》ってくださいませんか」

オカンはビックリしたのと恥ずかしいので何が何だか分からないままに、

「わたしからよく言って聞かせますから」

と謝っていた。

姉ちゃんは『タンバリン』をやめた。

この話は『タンバリンの恋』と名づけられ、タンバリン界隈では有名な話だ。

オレにとってはショッキングな話だった。

その姉ちゃんが男を連れて戻って来た。非常にさわやかな関東の男の人だった。

最初は姉ちゃんの不倫話のショックで男の顔が村下孝蔵の顔と重なって直視できなかった。

オカンが前日から必死になって掃除していた狭い居間に通す。

この部屋で正座をするヤツはオカン以外初めて見た。と目を横にずらすと姉ちゃんまで正座している。場所に関係なく姉ちゃんが正座をするのを見るのは初めての気がしてならなかった。

昨日オカンは駅前でコーヒーセットを買って来た。見るからに安物のコーヒーセットが運ばれて来た。

全員がしばらく無言でネスカフェのコーヒーをすすっていた。

ニヤニヤしているオヤジを横目でたしなめるオカン。

「こんな狭いとこへすいませんね」

「いえ、こちらこそご挨拶が遅れまして」

本題に入ってきた。

こういうシチュエーションをテレビのドラマ以外で見るのは初めてだった。しかもこの姉ちゃんの事かと思うと、こそばゆい感じがした。

「娘さんとお付き合いをさせて頂いています」

「それで話って何ですか？」

オヤジが又余計なところで話し始めた。

「お嬢さんとの結婚をお許しいただけないでしょうか」

「いいでしょ、お父さん。結婚を許してくれるわよね」

姉ちゃんの口から今まで聞いたこともないような上品な言葉がすらすらと出た。

もう少しでコーヒーを噴き出して笑いそうになった。さすがのアニキもニヤニヤ笑っている。

「ふつつかな娘ですけど宜《よろ》しくお願いします」

オヤジまでがまともなことを言い始めた。

全員が下を向いた状態から顔を上げると、お兄さんのさわやかな笑顔があった。こんなさわやかな笑顔をもった男の人が、何で姉ちゃんなんや、どうなっても知らんで、あんた。引き返すなら今のうちやで。

「まあまあ、足崩してください」

オヤジがそう言うまで、男も姉ちゃんも正座を続けていた。

十分経過十分経過。

驚いた。

姉ちゃんが三分以上正座したのは絶対生まれて初めてのはずだ。

「食べるもの用意してあるから、食べていって下さい」

と言いながらオカンが立ち上がったら、すばやくオカンの後を追いかけて、

「お母さん、私も手伝う」

と言って姉ちゃんはオカンの作った料理を運んできた。

お酒も少し入っていい感じにリラックスしてきた。こういうときに余計なことを言ってしまうのだ。

「子供の頃はどんな女の子だったの、お姉さんは」

関東の言葉での質問に面食らって声が出ない。

アニキの方を向いて助けを求めた。

「そうですね、シャベリでしたね。ようシャベリますわ」

「明るくて楽しい女の子だったんですね」

ニコニコしながら嬉しそうに姉ちゃんの昔話を聞く男が少しだけ哀れに思えた。

悪酔いしそうな気分だった。

便所に行ったら姉ちゃんが待ち伏せしていた。

「いらんこと言いなや」

「いらん事って?」

と言いながら便所の戸を開けた。

後ろ手で閉めながら、

「ナプキンの事か?」

と酔った勢いで口走ってみた。

思いっきり便所のドアを蹴飛ばされ、指を挟んだ。ヒリヒリする人差し指を見ながら思った。

まあ良かったんちゃうかな。

便所から戻りながら鼻歌を歌っていた。

勿論『勝手にシンドバッド』を。

遂に……

姉ちゃんの結婚が決まってしばらくして、オヤジが帰って来なくなった。

「いつもの事やないか」

結婚したアニキに電話をするとあっさりと言われてしまった。

「薄情やな、心配ちゃうんか」

「毎度の事やろ。お前の高校の卒業式もおれへんかったやろ」

「そやな、アニキの中学の卒業式の時はおった？」

「おったわ、おらんでも良かったのに」

「何年に一回かの病気みたいなもんや。さすがに娘の結婚式には帰ってくるやろ」

アニキの冷静な言い方でみんな少し冷静に戻って、あとしばらく待つことにした。

一ヶ月経っても何の連絡もない。

ついに姉ちゃんの結婚式にも現れなかった。

姉ちゃんのダンナはちょっとビックリしていた。

ついにオカンが痺《しび》れをきらして、警察に連絡をした。

勝手に出て行って何の連絡もない。

しかも初めての事ではなく何年かに一回はこんな事がある。

こんな事件性のないものを警察が取り合ってくれるはずも無く、一応家出人のリストに載せてもらえただけだったらしい。

「警察に言お」


行きつけの飲み屋に二十五、六の女の子がいた。

毎日飲んでいる。そんなに飲んだらホステスの仕事は勤まらないだろう、というくらい常に泥酔しているのだ。

「ワシにも同じ年の娘がおんねん」

声をかけてみた。下心はなく、自分にしては珍しく、心配になっての事だった。

「そうなん、おっちゃん」

「飲みすぎやで」

下心がないから、警戒しなかったのだろう。

「送ってってーな」

歩くのもままならない程酔った娘と同じ年のホステスを抱えて、彼女のアパートまで歩いた。

「ここか？」

「うん、カギカバンの中」

「ちゃんと寝えや」

「おっちゃん、上がってったら」

無邪気に誘われて、心配なのも手伝ってアパートに上がり込んでしまった。

そしてそのまま、二人で暮らし始めたのだ。

家族は嫌いではなかった。

子供が三人もいれば三者三様可愛いものだ。

もう直ぐ娘は結婚する。

でも、自分はあの家族の中でいつも一人ぼっちだった気がしてならなかった。誰も自分を必要とはしていない。カミサンでさえ、居なくて困るのは収入が減るからくらいにしか思っていないはずだ。

寂しかったのかもしれない。

この娘が、体中で自分を必要としてくれているのを感じた。

寂しくて、誰かに必要とされたいもの同士が、離れがたくなり暮らし始めてしまったのだ。

結局長くは続かなかった。

酒癖も元にもどり、女も新しくすがる若い男を見つけた。あっという間の短い同棲生活だった。

が、その短い期間と引き換えに全てを失ってしまった。

今更帰れる場所もなく、一人で細々と暮らし始めた。

第五章

これでも運転できますか?

あれ程仲良くしていた彼女とも、お互い別々の大学に入るとパッタリ会わなくなった。


国生くらいの可愛い女だったら、すぐに別の男ができて動かすやろ。

そんな事を考えながら当然のように別れた。

大学二年の夏休み、高校時代の仲良し四人組で久しぶりに会った。

大学に入ったり、就職をしたりの一年目はほとんど連絡を取り合う事もなく過ごした。二人は働いていて、一人は専門学校に通っていた。大学生はオレ一人だ。

就職組は中古で車を買っていた。勿論免許も持っている。

中古のダイハツシャレードはファミレスの駐車場へ滑り込んだ。

お金のない若者四人はファミレスのコーヒーをお代わりしながら延々と取り留めのない会話をして、会わなかった時間を埋めていた。

「給料いくらぐらいもらってんの?」

「安いで。車のローン払ったらいくらも残らんくらいや」

「大学受かったときは驚いたで。お前んちは兄ちゃんは賢かったけどお前は普通以下やったやないか」

「働きたく無かったからとにかく大学受からなあかんかってん」

「オレも大学行ったらよかった」

「もう無理やな」

「ははははは……」

「ドライブ行こうか？」

誰とは無しに言い出した。コーヒーはいくら好きでも飲める限界の量がある。

これ以上飲まれへんわ。

免許の無いヤツが無責任にあおり立てる。

「飛ばせ、飛ばせ」

「止めとけや、危ないで」

運転手ともう一人いる免許保有者がたしなめる。

横から手を出してハンドルを引っ張り、車を蛇行させて喜ぶ。

「危ないで、これやから免許無いヤツは」

「雨が降ってきたみたいだね」

言うが早いか助手席から手を出してワイパーを動かす。

「雨なんて降ってないやろ」

「今ポツリと来た気がしたぞ」

「ハッハッハッハ、腹痛い」

「運転手さんそこ右曲がってもらえますか」

と方向指示器をいたずらする。

「右は崖《がけ》や」

「ハッハハ、やめてくれ」

「暗くて良く見えんでしょう」

室内灯を付けて助手席のヤツは上機嫌。

「付けたら余計見えんやろ」

「外から俺達がよく見えるできっと」

「ヒッヒッヒッヒ、ホンマやめて」

昔からのいたずら仲間との軽妙なやり取りにテンションは上がる。

助手席の後ろにいた、もう一人の免許保持者が運転手の左肩をつかんで、

「ワッ」

「ビックリするやろ」

「ビックリするくらいが丁度ええねん」

「わけ分からんわ」

「ハッハッハ」

楽しいやり取りが続いた。

運転席の後ろに座ったオレも、
何かせな。

と思い、後部座席から運転手の目を手で覆って言った。

「これでも運転できますか？」

次の瞬間、車はガードレールにぶつかり、反対側に飛ばされた。

反対側の崖にぶち当たり、もう一度ガードレールまで戻る。

まるでピンボールの様に三、四回跳ね返って止まった。

凄い衝撃を感じたがその後は記憶が無い。

かすかに人の気配を感じて目を開けようとした。体中がギシギシ音をたてている感じで、目を開くのさえ辛い。

薄目を開ける。

これまたドラマの様に一番最初はオカンの顔があった。

やっとの思いで周りの景色を見るとどうやら病院のベッドの様だ。

怪我をして入院しているようだ。

「たいした事なくて良かったね」

オカンが泣きそうな顔をして立っていた。

「あんたついてるよ、骨も折れてへんし」

看護婦が抑揚なく言う声が頭の上の方でした。

「何があったか覚えてるか」

とオカンに聞かれて少し考えた。

「生きてるのが奇跡的なんよ」

そう看護婦に言われ、あいつらはと気になった。

「あいつらは？」

「いや……、ちょっとわたしは良く知らんのよ」

医者が刑事を連れて病室まで来た。

「手短にお願いします。まだ検査も全部済んでいないんですから」

「わかりました」

そんな会話をかわした後、刑事はオレのベッドに歩み寄って来た。

「ちょっとお話を聞かせていただけますか」

「何ですか？　どういう事ですか？」

「車がピンボールの様に三、四回あちこちにぶつかって大破したんですよ。生きてるのは君だけなんで事故の様子をお聞きしたいと思いまして」

生きているのは君だけ？　今そう聞こえた気がする。

「えっ、どういう事ですか？」

喉《のど》の奥から搾《しぼ》り出す様な声でやっとの思いで聞いた。

「即死や三人とも」

刑事は事もなげに言った。

目の前が暗くなり、耳鳴りがした。

三人とも即死？　久しぶりに会って、話をして……。

車の中でなにがあったか思い出そうとしてる。

「どういう状況だったか教えていただけませんか？」

返事をしようにも声がでない。

激しく動揺しているのがわかった。

三人とも死んだ？

鼓動がどんどん早まり、頭がボーっとしてきた。

体中が汗でびっしょりになっている。

「今日はちょっと、もう」

医者が止めた。

「では仕方ないですね。明日また来ます」

と刑事は出口に向かって歩き出した。

もう少し核心に触れて話が聞きたかった。そんな気色ありありに、嫌そうな顔をして刑事は帰って行った。

「じゃあ今日はもう遅いし母ちゃんも帰るわ」

と言ってオカンも帰り、看護婦も他の病室からのナースコールで飛び出ていった。

夜の病室に一人取り残された。

一人であの時のことを思いだす。


オレ達いったい何があったんだ？

オレは何をしたんやったかな？

出来事を順番に思い出してみる。

微《かす》かな声で呟きながら時間を辿ってみた。

まず助手席のヤツがハンドルを回す、車が蛇行。

次にワイパーに手をかけ動かす。運転手が止める。

方向指示器を動かし、室内灯を付けた。
運転手が何か言ったので、後ろの席のヤツが室内灯を消す。
そしてそいつが背後から肩を叩いて運転手をビックリさせた。

そして……次のヤツの手が運転手に目隠しを？
オレが？　目隠しを？
何回反芻《はんすう》してみても事実はそこで止まってしまう。
そしてさっきの病院のベッドまでが空白だった。

オレが？　オレが殺したんか？
オレのせいで？

考え続けて気が付いたら朝になっていた。

翌日朝食が終るか終らないかのうちに刑事が来た。

刑事に事情を話した。正直に、事細かに話した。

勿論目隠し以外を。

最悪や、最悪の嘘をついてしまった。

飛ばしていたから。

運転手は免許取り立てだったから。

「君はナニもしなかったの？」

「ハイ」

と言ってしまう。

泣くしかない。


退院してからしばらくは何も出来なかった。

メシを食う事さえおっくうで、学校へも行かずぼーっとして過ごした。

「とりあえずお焼香だけでも行ってきなさい」

オカンに促されて順番に奴らの家に行って線香だけあげさせてもらった。

運転していたヤツの家へ行った。申し訳ない気持ちでいっぱいで顔も上げられない。

運転していたヤツの親だという事でかなりの非難を浴びていたらしい。

「すいませんでした」

他に言葉が見付からずやっとの思いで声を振り絞って言った。

お父さんが、

「何で謝りまんねん、君だけでも生きていてくれて良かったよ。これからは四人分頑張って生きていってくれ。本当に悪かった」

優しい言葉の父親の後ろには、もう泣き続けて涙も枯れたであろう母親が、それでもやはり優しく、涙を浮かべた目でこちらを見てうなずいている。

「心が張り裂ける」

流行歌で安っぽく使われるこのフレーズを体感した瞬間だった。


残り二人の家で起きた事はもう覚えていなかった。

同じように優しく、そして一人だけでも生きていてくれて良かったという言葉に、ただただ涙が流れた。

ふさぎ込んでいると姉ちゃんがやってきた。きっとオカンが余計な事を言って呼び出したのであろう。

「大丈夫かあんた」

「あー」

「あんたも運ええで。運転席の後ろに座っとたんやろ？　だから生きててんで」

「あー」

うわのそらで答えていると、

「ふざけて運転するからあかんねん。どうせあんたも何かしたんとちゃうの。後ろから目隠しとか……」

姉ちゃんは軽い気持ちだったのだろうが心臓が止まるかと思った。

「ヤルカッ、そんな事、アホか」

そう言い放つのがやっとだった。

結局バレなかった。でも苦しかった。

最悪の人間や。オレも死にたかった。死にたいわ、人殺しや、オレ。

感情が交錯《こうさく》する日々だった。

三人も殺して、嘘までついて。

恐い、わからん、何にもわからん。でも人殺しや。

刑務所、死刑、人殺し。

四人分生きて行く?

いやや、そんな事。

誰か助けてくれ。

オヤジ、どこや、どこに居るねん。

オカン、アニキ、姉ちゃん、誰か助けてくれ。

オレは人殺しなんや……。


コタツの上にハンカチを置いて酒を飲み始めた。

あれから飲む時は必ずハンカチを目の前に置く。

季節は夏から秋になり、冬の声が聞こえてきてテレビの部屋にコタツが出た頃、やっとある事をしようと体を動かし始めた。

最初にしようと思ったのは免許を取る事だった。

自分が死ぬ時交通事故で死にたい。それがせめてもの友情だと思っている。

勿論家族は大反対だ。気持ちの動揺は命取りになる。せっかく一人生き残ったのに、ここでまた事故なんて。

しかしメインの反対理由はそこには無い事を自分は知っていた。

亡くなった方の家族の手前という事である。

しばらくおとなしくしてたが、結局死んだもんの事なんてどうでもよくて、自分は事故の原因になった車を運転するために免許を取りに行くのか。

事故からまだ三ヶ月だ。遺族の気持ちを考えたらそう思うのは当然だ。

でもこれだけは譲れなかった。

どうしても免許を取って自分の手で車を運転したかった。


変な噂が聞こえてきた。

「事故の原因ってあいつらしいで……」

オカンの耳にも届いてんのかなぁ。

早々に免許を取得した。

自動車学校が終るとまたウダウダと家の中で年末を過ごした。相変わらずコタツに首まで入ってぼーっとしている。

今日もコタツの上に置いたハンカチを見ながら酒を飲んでいた。

今となってはオレだけが知っている、オレしか分からない死んだヤツらとの約束なのだ。

姉ちゃんが面白半分に、

「幸せの黄色いハンカチかいな。恋人でも出来るおまじないか」

とちょっかいをかけてくるが、こればっかりは挑発に乗ることも無く、無視してやり過ごしている。

姉ちゃんがこういう聞き方をするときはかなり深く興味を持っている時だというのも、長年の弟生活でよく分かっている。だから言わない。挑発に乗らない。

高校時代ノストラダムスの大予言が流行《はや》った。真剣に将来を危ぶみ悩むヤツもいたくらいだ。

そんな時、例の四人組でよく心霊現象の話をした。

「昨日UFO見たで。あの動きは絶対にUFOや」

「何アホな事ゆうとんねん。そんなものあるわけないやろ」

「信じないん？」

「信じられるか」

「幽霊も？」

「当たりまえやろ、ボケ」

超常現象を信じる組と信じない組、二対二に別れて学校帰りの喫茶店で語り合った。UFOを見たというヤツが、四人の中では最も頑なに信じないと言っているオレに向かって言った。

「この中で誰かが死んだら必ず生きているヤツのところへ行こうや、幽霊になって」

「そんなもん相手が見えてへんかったらどうすんねん」

「誰かが死んだらハンカチをテーブルに置くっていうのどうや？　そんで死んで幽霊になったヤツがそのハンカチを振って合図をする。ココに来てますよって。どうや」

「分かった。ハンカチが揺れるのを楽しみにしてるわ」

少しバカにした風に話を締めくくった時には、こんな日が来るとは夢にも思わなかった。

まさか一人で三人の幽霊を待つ日が来ようとは。

オレは今日も三人が出てきてハンカチを振ってくれるのを待っている。

ほんの少しでええから動いてくれ。

会いたい、お前達に。

それ以来飲むときは必ずハンカチが目の前にある。

それを見ながら静かに飲む。

まわりのヤツらには「酒を飲むと暗くなるヤツ」と言われている。

裸おどり

あんな事があったんやで。普通に暮らせ言うほうが無理やろ。

あの事故のあとは、結局大学二年生を二回やった。留年したのだ。

その後の大学生活はバイトに明け暮れた。自らを酷使して働き、その金で大学に行く。バイトもガードマン、皿洗い、荷物運びときついものばかりを選んだ。

三人も殺した！

という思いはかなりの間自分の気持ちの大きな部分を占めていた。

事故からしばらくは月命日ごとに墓参りに通っていたくらいだから。


大学を卒業して運送会社に就職した。車を運転する仕事がしたかったので、トラックの運転手を希望して、現場で働いた。

「大学出てトラックの運転手をするなんて物好きやな、兄ちゃんも」

他の運転手達は口々にそう言った。

「運転が好きなんですよ」

多くは語らず毎日トラックを運転していた。

助手はフィリピン人だった。苦学生だったそのフィリピン人はアルバイトでこの会社に入っていたのだが、日本語があまりうまくなく、時々英語を話す。他の運転手たちは嫌がって組みたがらないからオレが組んで乗った。

あだ名はフィリピン。名前はややこしい。

底抜けに明るいフィリピンはオレにとっては救いだった。

一応大学を出ているのでフィリピンの言う英語はなんとか理解出来る。

この時はもうオカンと二人暮らしだったから、オカンは車の運転で給料をもらう仕事を選んだ事をひどく心配している様子だった。

毎日、フィリピンと二人で荷物を積んで、降ろして、運転して、しゃべってと同じ事の繰り返しで時は流れていった。

一年たってだいぶ仕事も慣れてきた頃に、いつも荷物を運んで行く文房具屋の女子社員に声をかけられた。

「今度遊びに連れてって下さい」

茶髪の女子社員は、ニッコリ笑い伝票にハンコを押しながら言った。

「えーけど」

気の無い返事でその場を繕《つくろ》おうとしたら、

「次に荷物持ってくる時までに考えといてくださいね。どこ行くか」

とキッパリ言われてビックリした。

あれからこっち全く女っ気なく過ごしていた。

帰りのトラックの中でフィリピンがニヤニヤしていた。

「何がおかしいんや」

「モテンナー、エーナー」

「どーでもえーわ」

「遊園地ヤ遊園地。最初ノデートハ遊園地エエヨ」

フィリピンに言われたからではないが、最初のデートは車で遊園地に行った。

岡山出身の二十歳。地元の高校を出て大阪に働きに来た子だった。

一日遊園地で遊んでアパートまで送った。車の中でキスをすると全く抵抗しない。

そのままいけそうだったが、なぜだか止めた。

そして自然と付き合うようになっていた。

次のデートの後、彼女のアパートで関係を持った。

それからはフィリピンも呼んで、アパートで鍋をやったり、焼肉をやったりして自然と過ごした。家族で楽しむ様に過ごした。

酔っ払うとフィリピンは裸おどりを見せてくれた。ガリガリのフィリピンの裸おどりは日本人のソレよりもシャープな動きで面白い。

二人で腹の皮がよじれる位笑った事がその頃の一番の思い出になっている。


「あんたの家行きたい」

「えーよ」

そんな簡単な会話で結婚への第一歩は踏み出された。

「オカン、今度彼女連れてくるわ」

メシを食いながらそういうと、ひさしぶりに心から嬉しそうにオカンが笑った。

あれ以来暗く淡々と生きているオレの事が心配だった様だ。

次の日曜日に駅まで彼女を迎えに行って戻って来ると姉ちゃん家族が一足先に着い

ていた。

「かなんな、何でお前らが来とんねん」

そう言いながらも、いつになくあったかい感じのする家だった。

相変わらずの姉ちゃんが挨拶もそこそこに、

「どーなん、こいつおもろないやろ」

と言い出した。

「そんな事ないですよ」

と答える彼女に色々と昔話をし始めた。

覚悟して席を離れ便所に行く。その隙に小さい頃に話題が移ったらしく、

「うっそー、キャー」

と大笑いの声が聞こえてきた。

みんなで話しながら、メシ食っていたら、テレビでなつかしのサザンが歌っていた。

姉ちゃんの方を見たが、知ってか知らずか無視された。

ダンナと子供と彼女にかわるがわるしゃべり続ける姉ちゃんの顔は幸せそうだった。

それを見ていたら、オレも結婚しよかな、と、ふと思った。

結婚を決めたときには、お腹に子供がいた。

アニキに、

「結婚する事にしたわ」

と電話すると、

「そーか、おめでと」

といつもの調子で返事が返ってきた。

結婚式ではフィリピンがいつもよりも激しく裸おどりを披露してくれた。

「オメデト、オメデト」

相変わらず上手くなっていない日本語で、涙目になりながら何度も何度も繰り返している。

自分はこうやって普通に結婚して普通に暮らしていくのがええんや。

姉ちゃんの顔もオカンの顔も、みんな嬉しそうだった。

ひみつ

結婚して八年目。アニキとアニキのカミサンは一緒に三十歳を越えた。

男の三十はまだいいが、女の三十はもうそろそろ、という年だ。


「こいつ何考えてるんや」

テーブルの上の花柄の縁取りがある白い大皿を眺めて、小声で言った。

「あなた、呼んだ?」

金曜日になると決まってオクターブ上がる妻の声にドキッとしながら、

「何も言うてないよ。食べようか」

と食事を促し、テーブルについた。花柄の縁取りの皿には「イカのリング揚げ」と櫛《くし》切りのレモン、タルタルソース。

相手の考えていることが分かる食卓は苦痛だ。

この七年間は共働きをして、お金を貯めた。二人で貯金をして、頭金を貯め、駅前にマンションを買った。

車の営業をして八年にもなると、後輩も同僚も相当の数になる。何人か仲の良い付き合いをする相手も出来てきて、たまに家へ招待する。

「こんな料理の上手い奥さんと結婚したい」

「二人で働いてマンション買って、しかも奥さん美人で、料理上手くて、家の中きれいで理想の夫婦生活ですね」

勿論他人の家を訪ねているのだから、多少のお世辞はあるだろうが、来るヤツ来るヤツ全員にそう言われるほど、傍目には最高の夫婦だった。

自分でも幸せだと感じていた。

でも自分の心の中に一つだけ、ぬぐい去れない気持ちが生まれていた。その思いは結婚五年目くらいからどんどん大きくなってゆき、今では週末の自分の心の半分以上を占める苦痛になっている。

彼女は三十を過ぎた頃から子供が欲しいとしきりに言い始めた。子供が出来たら専業主婦になって、ますます家の中のことをしっかりやりつつ、子育てをする、と言っている。世間の夫たちが聞いたら泣いて喜ぶせりふではないか。

しかし自分にとっては違った。

毎週金曜日に決まって求められる夜の生活。

今、自分の人生の中で一番の苦痛なのだ。

金曜日の食卓は必ず一品おかずが多い。今日の様にイカリングの日はまだいいが、「うなぎ」「おくら」「山芋」など、明らかな精力増進食物を並べられると、食欲が減退するのが分かる。

最近では色々な技を編み出した。しっかり目をつむって宮沢りえの『サンタフェ』を思い出して励む。

「何で毎回こんなに真っ暗でするの。たまには電気付けて……」

と言われてギクッとした。

力いっぱい目をつむって、苦痛の表情でしている姿は見られたくは無い。しかも明るければ、自分の下にいる女が宮沢りえだと思い込む事は出来無い。毎回キッチリと電気を消すのはお約束だ。

「あんた本当に変わり映えせんね」

「何が」

「セックスがよ」

「淡白やからな」

それだけ言い残すと急いでシャワーを浴びに行った。

いったい何しててんやろう。

体を洗いながら思った。

毎回そうだ。シャワーを浴びて風呂場から出ると晴れ晴れした気分になる。今週も無事終ったという気分で眠りにつくのだ。

次の週の金曜日、その週もまた苦痛に満ちた夜の営みを終えた時、妻が言った。

「何で毎回直ぐにシャワー浴びるの」

明らかに不愉快そうな口ぶりだったので、

「別にシャワー浴びんでもええねんけど」

と言って機嫌をとった。でも心の中では、一秒でも早くシャワーを浴びたかった。週末の苦痛を終らせる儀式としてシャワーは自分にとって絶対に必要な行為なのだ。

「シャワー浴びてきたら」

その言葉を待っていたかの様に風呂場へ飛び込み、いつもよりも念入りに洗った。

これ以外には本当に何の不満もないのだ。

我慢できないのは金曜日のセックスだけだった。

「ねえ、もうずっとあなたのご両親とお会いしてないわよ。次の休みに実家へ行く？」

「えーわ、それよりお義父さんやお義母《かあ》さんとメシ食いに行こか」

実家の連中と会ったのは結婚以来三回しかない。そのうち一回は偶然街で会ったくらいだ。

オヤジは現在行方不明。

実家の話をすると機嫌の悪くなるダンナに気遣い、それでも、

「ご両親と食事でも……」

と気にかけてくれるなんて、本当によく出来た嫁である。


そんなある日妻が台所で倒れた。なんの予兆もなく、食事の支度の途中で。

慌てて救急車を呼び病院へ運んだ。

金曜日の夜だった。

病院のベッドで少し落ち着いた妻が、

「今日金曜日やね」

と言った時には正直ホッとした。

しなくていい。週末なのにしなくていい。

「何アホな事言っとんねん。養生して早く治す事考えろ」

勿論治って欲しい。心からそう言っている。でも金曜日だけは病気のままでもいい
かもしれない……そんな事を思いながら家へ戻った。

月曜日、医者に呼ばれた。妻の病気はガンだと告知された。

「若いから進行も早いので急いで手術をしましょう」

目の前が暗くなるとはこういう事か。しかし悩んでいる暇はない。早々に義父母に
連絡したり、手術の手続きをしたりした。手術はしたが、開けただけで直ぐに閉じて
しまった。体中に転移していて手遅れ状態だったそうだ。もうあとは病室のベッドで
残された時間を過ごすしかない、という告知を受けた。ショックだった。

本人には告知しない事に決めた。

当然の事ながらウチの家族には誰にも伝えなかった。

闘病生活が始まる。

妻に対しては、金曜日の夜のセックスさえなければ何の不満もないのだ。今の状態では完璧に近い妻を、病気で失ってしまいそうなのである。

毎日仕事の帰りに病院へ寄った。一日の出来事を話し、病院での些細な事でも真剣に妻の話に耳を傾けた。手を握り合って、顔を近づけて毎日話し合う夫婦の姿はナースセンターでも評判になっている。

「今日はもう帰るわ」

「明日は」

「明日は仕事休みやから、朝から来るよ」

「本当」

「一日居れるで。何か欲しいものは」

こんな会話を交わし病室を出る。ナースセンターに寄って、

「妻を宜しくお願いします」

と深々と頭を下げて帰るのも日課だ。

本当にそういう気持ちなのだ。金曜日がなくなったら、もう心から彼女に長生きし

て欲しく、何でもしてあげたい気分になっている。

疲れて帰ると暗い部屋が待っている。妻のいないマンションは広く感じて寂しい。シャワーを浴びて疲れた体をベッドの上に投げ出す。

今日は金曜日だ。

毎週あんなに嫌だった行為も一人ならしたい。毎週金曜日は一人でして眠りに就く。

長くて三ヶ月と言われたが、あれから四ヶ月と少し経過していた。そろそろ本当にひどい状態になってきた。意識がもうろうとしている日が多くなり、食事も出来無い。会社はしばらく有給休暇を取った。一日中そばに居てやろう、そう思ったのだ。

いよいよと思い実家に電話をした。

「うちのもう死ぬわ。あと二、三日やて。死んだらもう一回電話するからオカンだけ来てや」

ショックのあまりに淡々としている様に受け取ったオカンは、ひどく心配している様子だった。

しかし、何のことはない、ただ割り切っていただけだ。悲しいが泣いても叫んでも、妻の健康は戻らない。だから割り切って出来る限りの事をして過ごしているのだ。

いよいよ最期の日、妻は朝から手を握って離さなかった。朝目が覚めた時に、

「おはよう」

と言って手を握ったら、それっきり決して離そうとはしなくなったのだった。何を言うでもないがじっと目を見て手を握っている。

おかげで覚悟を決める事が出来た。

最期の日はこうして片時も離れる事なく過ごした。息を引き取る瞬間も二人の手は握り合ったままだった。

「ご臨終です」

医師の抑揚の無い声がシーンとした病室の中に響いた。少し前に看護婦さんに連絡してもらって、義父母が来ていた。彼らは泣き崩れたが自分は涙を流すことが出来なかった。

看護婦に促され、握っていた手を離そうと思ったが、硬直が始まっていて中々離れなかった。

「もう少しこのままいてやってもいいですか」

と言うと、言葉に看護婦は頬に大粒の涙を伝わせながら、静かに首を横に振り、手を無理やり妻から離した。

「幸せだったわよ、この子も」

義母が泣きながらそう言った。

その通りだと思った。

幸せな思い出を胸に天国へ旅立ったはずだ、という達成感でいっぱいだった。


親族が駆けつける。

オカンもあわてて駆けつけた。

涙を流す事もなく色々な人に挨拶をして、セレモニーを淡々とこなす息子の姿を見てオカンは涙をこぼしそうになっていた。

「行かなあかんに決まってるやん」

「やっぱりそうやな」

「当たりまえやん」

オレもそう思っていたが、オカンから、

「私だけ来たらええって言うのよ」

と聞いていたので迷っていたのだ。

カミサンにせかされて用意をし、アニキのところへ駆けつけた。

「なんや来んでもええ言ってあったのに」

相変わらず実家の家族に冷たいアニキがそこにいた。

お通夜が終わり、やはり来ていなかった姉ちゃんに電話した。

「姉ちゃん、何でこーへんの?」

「どこへ?」

「アニキのカミサン死んだんやで」

「知ってるで」

「それやったら、なんで」

「来んでええ言ってるもん、何でわざわざ行くねん」

「ホンマにこーへんのんか」

「あいつの事やから涙のひとつも見せてへんやろ」

「そら気丈に振る舞ってるわ」

「気丈やて、ハハハハ」

姉ちゃんのいつもの笑い声の後ろから、

「おーい、何か焦げてんでー」

という姉ちゃんのダンナの声がした。

「葬式であいつがボロボロ泣いとったら電話頂戴や、行くかもしれへんから」

そう言うが早いか電話を切られた。

切れている電話口に向かって、

「なんやねん、それ」

と言ってこちらも受話器を置いた。

姉ちゃんの話では、姉ちゃんのダンナは結婚して以来ずっと姉ちゃんに惚れているらしい。掃除機をかける後ろを付いて歩き、

「うっとうしいなあ、パチンコでも行ってきいな」

と言われても、掃除をする姉ちゃんをずっと見てる、そんなダンナなのだ。

こんな事言う女のどこがええねん。姉ちゃんのダンナに今のせりふ聞かせたいわ、
と思いながらオカンのところへ戻った。

「今日は泊まってくわ、明日また葬式行くし」

そういってひさしぶりに実家に泊まり、アニキと二人で過ごした部屋で寝た。

自分のカミサンが死ぬなんて……。

信じられない、考えもつかない事だった。それと同時にあそこまで気丈に振る舞えるアニキが気になった。

仲のいい夫婦やったしなあ。

考えているうちに眠ってしまったようだ。

翌日葬式の席でひさしぶりに兄嫁の妹に会った。大人になって妖艶《ようえん》になり、美しさに磨きがかかっていた。

こんな席なのについチラチラ見てしまう自分が悲しい。

もうちょっといい服着てくれればよかったなあ。

まだ独身かな。

オレの事覚えているかな。

等と不謹慎なことを思いながら近づいていった。

「ご無沙汰しています」

「弟さんですよね」

覚えていてくれた。妙に嬉しかった。

結局話したのはそれだけだったのだが。


その日のトラックの行き先は大阪だった。一泊できるように調整して、ひさしぶりにオカンのところに泊まる事にした。

ひさしぶりに街中をうろついてると、アニキを見かけた。

丁度食事時だったので、
カミサンに死なれて一人で夕食っていうのは悲しいな。

声かけて一緒にメシでも食うか。

と思い後ろを早足で近づこうとした。

がアニキはどんどん裏路地の方へ入っていってしまい、後をつけるつもりは無かったのだが、ついて行く形となってしまった。

その時アニキが立ち止まり入って行った店の看板を見て目を疑った。

『ファッションマッサー』

風俗店へ入っていったのだ。

カミサンが死んでまだ数週間しかたっていないのに。

また一つアニキの知られざる一面を見た気がした。

どうしても気になり、アニキが出てきた後すぐにオレもその店に入った。

「今出て行った人と同じ人おねがいします」

「あきちゃんですね、どうぞ」

案内された部屋へ行くとおばさんがいた。

少し太っていて、下腹には妊娠線がクッキリと浮かび上がっていた。子供が吸ったであろう黒い乳首。年は三十前半の感じがする。風俗で働いている女性としてはかなりおばさんのはずだ。

「オレの前に指名してた人、よく来んの」

「あーあの人、常連さんよ。ここの所四ヶ月くらいご無沙汰やったけど、以前は一週間に一回は絶対に来て、指名してくれたのよ。わたしの事かなりタイプだって言ってた」

耳を疑う話だ。嫁が病気の間はさすがに止めていたが、何年も前からこの太ったおばさんの所へ足繁く通っていたとは。

せっかく来たのだからオレもしてもらった。別段すごい技術があるという訳でもない。

アニキは純粋にこの人が好みなんだと思ったら少し混乱してきた。

カスタムカー

結婚して五年がたった。

結婚式の時腹の中にいた子も来年は小学生。下の娘はまだ二歳。

娘達の学校の事、生活の事、いろいろ考えて岡山の嫁の実家の近くに引っ越す事にした。

会社を辞めて、長距離トラックの運転手になった。

大阪を離れる時、フィリピンが泣いてくれた。気が付くとフィリピンとオレは友達になっていたようだ。

岡山ではカミサンの実家のそばに借家を借りた。

カミサンの実家の近くは、まだ自然がいっぱいあって、家族みんなで釣りに行ったり、キャンプをしたりと、休み毎に楽しい思い出が増えていく感じがする。

カミサンも大阪にいた時よりも生き生きと幸せそうだったから、本当に岡山に来て良かったなあと実感する毎日だ。

時々カミサンの実家の両親とメシを食った。孫が騒ぐ中での賑やかな食事は彼らにとって最高の幸せの様で、走り回る子供達を目を細めて見ている顔が印象的だ。

田舎といっても最近は何でもある。時々は親子四人でファミレスでメシを食う。

その日も近所のファミレスで家族四人で早めの晩メシを食っていた。そこへオレの全く知らない男が近づいて来てカミサンに声をかけた。すごく親しげにしている。カミサンはオレと子供たちを残して席を立ち、男と二人で店の外で話を始めた。妙に盛り上がっている様だ。子供にメシを食わせながら、横目でカミサンと男の様子を確認していた。あんな風に屈託無く笑うカミサンの顔は今まで見たことが無い。猛烈な嫉妬心が湧いたが子供の手前平静を装いメシを食べつづけた。こんな時に限って子供はそそうをする。こぼれたメシつぶを拾いながら惨めな感覚を覚えた。

十五分くらいしてカミサンは上機嫌で席に戻った。

「誰や、あいつ」

「高校時代のツレ。懐かしい話で大盛り上がりや」

さっきの続きを見ているかの様な屈託の無いカミサンの笑顔に、オレはあまり気分が良くなかった。

「私も働くわ」

急にカミサンが言い出した。

「家欲しいやん、借家や無くて」

「子供はどうするんや」

「昼間は子供らとおりたいから、夜友達のスナックで働くわ。夜だけ実家に預けて」

最初はたわごとと聞き流していたが、あまりしつこく言うので、

「なら、やってみたら」

と許してしまった。

それから直ぐ、夜になると子供を実家に預けてカミサンは働き出した。途端に生き生きとした表情になったカミサンは、ファミレスで昔のツレと会った時の事を思い出させる。

夜の仕事を始めたら朝起きられないのは仕方ない。しかし起きようという気さえ見せないのはどうかと思った。結局オレは自分で目覚しをかけ、起きて、簡単な食事を自分で用意して仕事へ出て行く。

半年ほどして、急に化粧が変わった。髪型も服も、何もかもが派手になってきた。昼間も実家に子供を預けて出歩いている事が多くなり、最近ではオレが三日ほど留守にして戻って来ると、ゴミ箱の中にインスタント食品の紙袋や、出来合いのお惣菜《そうざい》のパックなどが捨ててある事も多くなった。

洗濯物も取り込んだらそのまま、たたまずに山積みになっている。仕方が無いのでその山の中から着替えを取り出して着たりしていた。ある日洗濯物の山から派手な原色のパンツを見つけた。

「なんやねん、この派手なパンツは」

「田舎の方はこんなんしか売ってないねん」

もう少しましな言い訳を考えとかんかい、と言いたくなる様な言い訳をしているあたりが怪しい。

しかし、あえて本人に聞く気にはならなかった。おかしいという気持ちを抱いたまま半年が過ぎた。

シャワーを浴びていた。掃除もまともにしていない風呂場は汚く、何とは無しに掃除を始めたら、むしょうにカミサンが疑わしく感じ、排水口の髪の毛のチェックをしてしまった。案の定、排水口にカミサンの髪とは違う色に染めた少し長めの髪を見つけた。どう見てもオレの髪でも子供の髪でもない。

カミサンの髪の毛と微妙にからまる誰のものだか分からない髪の毛を、忌々しい思いでゴミ箱に投げ入れながら、

「決定的やな」

そう呟いて計画を実行に移した。


「今週は金曜日戻りや、行ってくるわ」

そう言って出掛けた。実は今週末の戻りは木曜日なのだ。

木曜日、家から少し離れた所にトラックを止め、歩いて家へ近づいた。寝ているはずの時間なのに電気がこうこうと点《つ》いて、家の前に派手な紫色のカスタムカーが一台止まっている。

裏から屋根伝いに二階に上がり、階段をそっと降りてリビングに行った。

部屋には布団が敷いてあり、布団の横には洋服の塊があった。

その布団の端に裸でティッシュを持ったカミサンがいた。

カミサンと目が合ったが何も言わず、シャワーの音のする浴室へ直行した。裸のままカミサンは後を追って来た。

浴室に入ると男は目を丸くして、抵抗する術も無く立ちすくんだ。

あの時、排水口で見た髪と同じ色の髪の毛をわしづかみにして、風呂場から出そうとしたら、子供のぞうさんのジョウロを踏んで壊してしまった。男を裸のまま玄関の外へ引きずり出した。悪態をつく気も殴る気も無かった。ただただこのうちから出て行って欲しかった。

「何してんねん」

「あんたこそ、金曜日に帰る言うたやない」

「前の日に帰られて困る事してたんか。スナックで知りあったんか」

「あんたやって金曜日に帰るって嘘ついたやん」

もう子供のレベルのケンカになっていた。

「離婚や、離婚。出てけやさっさと」

「どっちもらってくれんの」

最初はカミサンの言ってることが何の事だかさっぱり分からなかった。

「子供よ。何で私が二人とも連れてくのよ。二人も子供連れて出たら、働けんし、遊べんでしょ。ちっちゃい方はしょうがないわ、私連れてくから、上はあんたが持ってって」

この言葉にはさすがに腹が立って手を上げていた。

起こった事実より殴られた事に腹を立てたカミサンは着替えをして足早に実家へ行ってしまった。

何ちゅう女と結婚したんや。

後悔の念が渦巻き悲しい気持ちでいっぱいになってしまった。

夜中の三時だ。

何年かぶりにフィリピンに電話した。見知らぬ男が出たので驚いて受話器を置く。

「そうか、もうフィリピンに帰ったんか、フィリピン」

「フィリピン行こうかな」

「何でオレがフィリピンに会いにフィリピンに行かなあかんねん」

ブツブツと一人で呟きながら台所へ行き酒とコップを持って来て、一人で飲み始めた。

何だか自分がひどく惨めな気がした。

このまま死んでしまいたい。

そんな事を考えながら飲んでいたら、ひさしぶりにハンカチの事を思い出した。

山積みにされた洗濯物の中からハンカチを探そうとしたが見つけられなかったので、諦めてまた飲み始めた。


一週間後、喫茶店へカミサンを呼び出し今後のことを話した。

子供の幸せを考えたら二人一緒の方がいい。だからお前が育ててくれ。オレは養育費を払うから。と、これからの子供のことを真剣に話しているオレの前で、タバコを吹かし、あさっての方を見ながら、

「お金くれるなら、いいよ、子供置いてってても」

と答えるカミサンに、こんな女やったかな？　と思いながらも話を続けた。


離婚をして大阪に帰った。大阪に着いてから、オカンに電話した。

「オカン、今大阪やねん。今から帰るわ」

「どうしたの？　一人？」

「着いたら話すから」

そう言って家に戻り、離婚した経緯を説明した。


久しぶりの実家の風呂。

狭くて嫌いだったが、今夜ばかりは温まる。ゆっくり風呂に入って出て来ると、オカンが電話をしていた。

勿論相手は姉ちゃんや。

「ちょっとまって、今出てきたから替わるわ」

「替わらんでええ、切れ」

オカンの手から受話器を取って一瞬耳に当てた。

「嫁が浮気してんて……」

そのまま受話器を置いた。

なぜか急に子供の声が聞きたくなった。今ならあいつはスナックへ働きに行っている時間だと思い、岡山の実家に電話をした。

電話の向こうの義母の声はつい一週間前の声とは別人の様に冷たい。

「子供に替わってもらえますか」

「別にいいですけど……」

こんな会話を交わしたせいか、ひどく距離を感じた。

電話を終えると黙って二階に上がって、本当にひさしぶりの部屋に入った。

「いい加減に捨てろや」

小学校に上がる前に買った二段ベッドがまだあった。

上の段に上がってねっころがった。

手足は勿論のばせない、が懐かしい感覚にしばらく身を預けていた。

あいつと出会ってから別れるまでをベッドの中で回想してみた。

楽しかった事もあったなあ。

そう思いながら狭いベッドで眠りについていた。

第六章

涙

何年も前に蒸発した男が殺されての葬式である。近所の人が来たり、ほんの僅《わず》かな親戚が来るくらいで静かなもんだった。

そんな中だからよけいに、一人の男の人が熱心にお焼香をしているのが目立った。

「お母ちゃん。誰あの人」

「知らんのよ。誰やろ。お兄ちゃん知らんか」

「知らんわ、オヤジの知り合いなんて」

まっすぐに遺影を見つめた後、深々と頭を下げてしばらく動かなかった。

誰やろ。

四人が一斉にオヤジに繋がる人の記憶を猛スピードで辿った。

「ダンのマスター」

姉ちゃんが間抜けな事を言った。古い話を思い出したものだが、あの人は頼まれてもお焼香にはこないはずだ。

「寿司屋の大将よ」

さすがオカン、思い出した。

「何回か父ちゃんに連れて行ってもらったでしょ。駅前の」

「あー天ぷら食わしてくれる寿司屋か」

オヤジの行きつけの寿司屋だった。寿司屋と言っても天ぷらを揚げてくれたり、おつまみを作ってくれたりする居酒屋の様な所だった。家族も二回くらい連れて行ってもらった記憶がある。特別美味しかった記憶は無いが、オヤジがいつも上機嫌で店の大将と話をしていたのが印象的だった。


大将はこちらに目礼すると静かに引き上げて行った。義理で来ている人ばかりの中で、唯一と言える心からのお焼香にオカンは思わず声をかけた。

「大将ですよね」

「ハイ、お世話になりまして」

「こちらこそ、今日はありがとうございました」

「残念です、いい人を亡くして」

オレ達兄弟は声を失った。

いい人？

誰が？

この大将おかしいいんちゃうか。

声には出していないが、兄弟の考えがこれ程一致した瞬間もなかっただろう。


電話が鳴った。警察からだった。

「犯人が自首して来ました」

「えっ？　自首？」

「顔見知りだった様ですね」

しばらくアニキは電話で警察から、オヤジが死んだいきさつを聞いていた。その間に大将が帰り支度を始め、玄関へ向かった。

「お邪魔しました」

「ゆっくりしていって下さい」

「奥さん、落ち着かれた頃に又お線香あげさせてもらいます」

なんであんなオヤジにそこまでしてくれるんやろか。そう思いながら玄関で大将を見送っていたら、電話を終え戻ってきたアニキに、

「タクシーで帰ってもらえ。タクシーのとこまで送りに行けや」

と促されて、オレも大将と一緒に外へ出た。

大通りまでの道で大将は意外な話を聞かせてくれる。

「大将にも、あのオヤジの事だから、だいぶ迷惑かけたんちゃいますか」

「そんな風に言うもんやないで。色々悪いとこもあったかもしれんけど、子供思いのオヤジさんやったよ」

そう言って大将の知ってる生前のオヤジのことを話してくれた。

アニキが結婚した時も、

「家族全員を一流ホテルに連れて行ってくれて、メシ食わしてくれてな、嫁さん紹介してくれてなぁ、嬉しかったんやで」

と何回も話して、常連さん達から、

「聞き飽きたわ、その話」

と言われる程だったらしい。

「あんたの事も、言うてたで。あいつが一番心配やて」

「上の二人はしっかりしてるけど、あいつは頼りないからなぁ。イザっちゅう時はワシがついていてやらな」

これがオヤジの口癖だったと聞いて目頭が熱くなるのが分かった。

何を言われてもそれ程堪《こた》えないオヤジが、オレ達子供のことを何か言われると、見境なく相手に向かって行くらしい。

スナック『タンバリン』へ行って、姉ちゃんをもてあそんだ村下孝蔵をスコップで殴った話は印象的だった。しかし格好悪いのは、計画性なく飛び掛かるから結局は形勢が逆転して、最後はほうほうの体で逃げ出す事だ。時々は逃げ切れずに逆襲を受けたりもしていたらしい。

「わざわざありがとう。またお線香あげに寄らさしてもらいます。お母さんによろしく言っといてください」

「こちらこそ、ありがとうございました。お話聞かせてもらって良かったです」

大将は又来ると何度も言ってタクシーで帰っていった。

オカンの家へ戻る道々考えた。

大将の店に出入りしていたという事は案外近くにいたんや。

一人で暮らしていたから、死んだ時にアニキのところへ連絡が来たんやろな。

一人で近くにおったんやったら、何で一番苦しかったときに居てくれんかったんや。

幼い頃から、あてにも、頼りにもしてなかったはずのオヤジなのに、死んでしまった後であんな話を聞いたせいか、感傷的になって、涙が流れている。


あの事故の後、近所で噂になっていた。

「あそこのウチの子だけ、生きとるんよ」

「何か変よねえ」

「警察も何度も来てたし」

「疑われるような事何かあるんとちゃうの」

噂話のヒソヒソ声は当人の耳にはよく入るものなのだ。

苦しかった。事実だけに苦しかった。

こんなに苦しんで反省しとんやから、関係ないあんたらに何でそんな事言われなあかんのんや。

噂が聞こえてくると、いてもたってもいられず、何かを振り回して暴れたい気分になっていた。

あの時オヤジが、『タンバリン』の時みたいに周りのおばはんらボコボコにしてくれたら、少しは楽になったかもしれんのに。

何でオレの苦しい時にいてくれへんかったんや。

次から次から涙があふれて来た。

気が付くと家のすぐ近くだ。

泣いていたなんて分かるとあの姉ちゃんのことや。うるさくてかなん。

涙を念入りにぬぐって家へ入った。

次はオカン

当初の予想通り、オヤジはひどく間抜けな殺され方をしていた。

「行きつけのスナックで、酔って絡んでケンカして。その相手を襲おうとして逆に殺されたらしいで」

吐き捨てる様にアニキが言った。


行きつけの店で若い男と言い争いをした。

「飲みすぎですよ、オヤジさん。もう今日は帰って寝て下さい」

マスターに体よく店を追い出されたのでアパートに向かって歩き出したが、どうにも納得がいかない。もう一度店に行こうと思った。

店の前まで来ると、丁度さっきの男が、ほろ酔いかげんで店から出てきた。

一発どついたろ。

そう考えて店の脇の路地にあった空のビール瓶を持って後を付けて行く。

人通りの少ない所でどついてボコボコにしたるわ。

酔いも手伝って気が大きくなっていたのだろう。店から歩いて十分くらいの所にガードがある。上を宝塚線が走っている。

ここなら音も響かんし、人通りも無いわな。

男がガードに差し掛かった時に背後からビール瓶で襲いかかった。

「こらオヤジ何すんねん」

「さっきはよくもコケにしてくれたなぁ、一発どついたるわ」

もみ合いになったが、若者の方が数段力は上だった。

逆襲をくらいガード下の、すえた臭いのする道路に倒れ込んだのはオヤジの方だった。

「ボケが」

男はそのまま帰って行った。

自分で計画した事とはいえ、なんとも不幸なオヤジである。本当に音も響かず人通りも無いので、オヤジが発見されたのは翌日の午前中だった。既に死んでいたらしい。

死因は凍死。要するに殴られて倒れた時にはまだ生きていたのだ。もう少し人通りのあるところで倒れていたら、こんな事にはならなかったのに。

殴った方の男は、翌々日の新聞を見てビックリした。

あわててマスターの所へ行って事実を全部話すと、マスターは、

「あのオヤジの酒癖の悪さは常連みんな知ってるし、あの日も正当防衛やったんやから。みんなで証言したるから自首し」

と言って警察まで付き添ってくれたらしい。

死に方を聞いた時、オレ達兄弟は一様に、やっぱりオヤジにふさわしいしょうもない死に方やったんやなと思った。


色々な事が一気に思い出され、忙しく過ぎていった数日だった。

「ほなとりあえず帰るわ。また来るし」

「気をつけて帰るんやで。わたしはこれから兄ちゃんと警察へ行くし」

「オカンも気をつけてな」

アニキとオカンが警察に向かって歩く後姿を見ながら、姉ちゃんが、

「今度全員で会うのはお母ちゃんが死んだ時かな」

ポツリと言った。

M

「知ってるか？」

「何が？」

　こういう聞き方をすれば、姉ちゃんは必ず話に乗って来る。だてにこの女の弟を三十数年もやっている訳ではない。

「兄ちゃんなMらしいで」

「えっ何？　聞かせてえな。何であんたそんな事知ってんの」

「兄ちゃんの行きつけのファッションマッサーで馴染みの女に聞いてん」

「ちょっと、どうゆう事よそれ。エッ、あいつM？　ちゃんと聞かな帰れへんがな。喫茶店寄って行こか」

　姉ちゃんと商店街の方へ向かって歩いた。

　風が冷たくなっていた。

この作品は二〇〇〇年十一月シンコーミュージックより刊行されたものです。

泥《どろ》の家《か》族《ぞく》

東野《ひがしの》幸治《こうじ》

平成21年3月15日　初版発行
令和3年10月30日　2版発行

発行人——石原正康
編集人——永島賞二
発行所——株式会社幻冬舎
〒151-0051東京都渋谷区千駄ヶ谷4-9-7
電話　03(5411)6222(営業)
　　　03(5411)6211(編集)
　　　振替00120-8-767643
印刷・製本—株式会社 光邦
装丁者——高橋雅之
　　　　　米谷テツヤ

検印廃止

幻冬舎よしもと文庫

ISBN978-4-344-41276-7　C0193　Y-4-1

幻冬舎ホームページアドレス　https://www.gentosha.co.jp/
この本に関するご意見・ご感想をメールでお寄せいただく場合は、
comment@gentosha.co.jpまで。